Ryan Thom

Dornfeld

~ Band 1~

AF210880

Ryan Thom

Dornfeld
„Zwischen Wahrheit und Verrat"

Band 1

Psychologischer Kriminalroman

Bibliografische Information der Deutschen Nationalbibliothek:
Die Deutsche Nationalbibliothek verzeichnet diese Publika-
tion in der Deutschen Nationalbibliografie; detaillierte bibliografische Daten sind im Internet über http://dnb.dnb.de
abrufbar.

Edition: Erstausgabe / Deutsch

Website: www.ryanthom.com / www.ryanthom.de
Instagram / TikTok:
@ ryanthom.official

Verlag: BoD · Books on Demand GmbH, Überseering 33,
22297 Hamburg, bod@bod.de

Druck: Libri Plureos GmbH, Friedensallee 273,
22763 Hamburg

ISBN: 978-3-8192-6315-6

Inhaltsverzeichnis

Kapitel 1

Münster, eine regnerische Novembernacht -
vor 7 Jahren. Der Regen fiel in dichten Fäden auf
das Kopfsteinpflaster.

Die Straßenlaternen warfen fahle, tanzende
Lichter auf die Pfützen, während die Stadt in einem
Mantel aus Dunkelheit lag. Ein Polizeiwagen stand
mit offenen Türen in einer schmalen Seitenstraße,
das Blaulicht spiegelte sich gespenstisch auf den
nassen Steinen.

Sie hatte das Bild noch genau vor Augen – jede
Sekunde dieser Nacht brannte sich für immer in ihr
Gedächtnis ein. Sie rannte. Ihre Stiefel klatschten
auf den nassen Asphalt, ihr Atem ging flach, ihre
Finger waren eiskalt. Sie hörte die Rufe ihres Kollegen hinter sich, aber sie konnte nicht
stehenbleiben. Nicht jetzt.

Dann sah sie ihn.
Er lag auf dem Boden, reglos. Seine Uniform war
durchnässt, dunkle Flecken breiteten sich auf
seinem Hemd aus. Ihr Herz raste. Sie kniete sich
neben ihn, griff nach seiner Hand. Sie war eiskalt.

„Bleib bei mir", flüsterte sie, doch ihre Stimme brach.

Jemand versuchte, sie wegzuziehen. Sie wehrte sich, brach sich fast die Fingernägel, weil sie ihn nicht loslassen wollte.

Doch er war bereits tot.

Später würde sie erfahren, was passiert war. Dass er in letzter Sekunde in die Schusslinie gesprungen war. Dass er jemanden beschützen wollte. Jemanden, der später aus dem Krankenhaus entlassen wurde, ohne eine Spur von Dankbarkeit oder Reue.

Und sie blieb zurück. Mit nichts, außer der Erinnerung an diesen Moment.

Der Erinnerung an ihren Mann.

Kapitel 2

Münster, Gegenwart

Ein schriller Klingelton riss sie aus dem Schlaf. Die Dunkelheit um sie herum war dieselbe wie damals. Die Stille fühlte sich genauso schwer an. Nur die Regentropfen, die gegen das Fenster prasselten, erinnerten sie daran, dass sieben Jahre vergangen waren. Sie atmete tief durch und drückte auf die Annahmetaste.

„Ja?"

Die Stimme ihres Kollegen klang angespannt. „Ein Leichenfund, nähe Aasee. Du solltest dir das ansehen."

Sie schloss die Augen für einen Moment, dann setzte sie sich auf. Die gleiche Stadt, derselbe Regen, ein neuer Fall. Und dieses Mal würde sie nicht zulassen, dass sich die Vergangenheit wiederholte.

Die Straßen von Münster lagen im morgendlichen Dunst, als Kriminaloberkommissarin Sophie Dornfeld ihren Wagen in der Tiefgarage des Polizeipräsidiums parkte.

Die Luft war feucht, der Asphalt noch nass vom Regen der Nacht. Sie stieg aus, schloss die Autotür leise und blieb für einen Moment stehen, um sich zu sammeln. Ein neuer Tag, ein neuer Fall, neue Lügen, die sie aufdecken musste.

Sie hatte schlecht geschlafen. Wie so oft. Albträume quälten sie in letzter Zeit häufiger – alte Erinnerungen, die sie nicht loswurde. Doch sobald sie durch die großen Türen des Präsidiums trat, schob sie ihre Gedanken beiseite. Hier zählte nur die Arbeit.

"Morgen, Sophie."
Ihre Kollegin Lena Bruckner kam ihr im Flur entgegen, ein Pappbecher Kaffee in der Hand, das Handy zwischen Ohr und Schulter geklemmt.

"Morgen."
Sophie nahm den Becher entgegen, ohne zu fragen, ob es ihrer war. Sie wusste, dass Lena ohnehin zwei geholt hatte.
"Hast du die Sache mit dem Einbruch an der Kanalpromenade gestern Abend gesehen?" fragte Lena, während sie das Gespräch am Handy beendete und das Gerät in ihre Jackentasche steckte.

Sophie nahm einen Schluck Kaffee.
"Nur flüchtig. Jemand mit Vorstrafen?"
"Negativ. Keine Spuren, keine Zeugen, nichts."

"Klingt wie jemand, der wusste, was er tat." Sophie zuckte mit den Schultern. "Vielleicht ein Profi. Vielleicht ein Glücksgriff. Wir schauen uns die Aufnahmen an."

"Klingt gut. Ach, Schulz wollte dich übrigens sprechen."

Sophie verzog das Gesicht.

Schulz war ein alter Hase, ein Ermittler der alten Schule, der sie mochte, aber nicht mochte, dass sie ihn manchmal in den Schatten stellte.

"Weißt du, was er will?"

Lena grinste. "Er meinte nur, es sei wichtig. Ich tippe auf irgendeinen alten Fall, den er wieder ausgraben will."

Sophie nickte und wandte sich in Richtung ihres Büros. Doch bevor sie die Tür erreichte, kam Schulz ihr bereits entgegen.

"Dornfeld, hast du einen Moment?"

"Kommt drauf an. Bringt es mich näher an eine heiße Spur oder nur an einen kalten Kaffee?"

Schulz schnaubte. "Ich wäre nicht so sarkastisch. Es gibt eine Tote am Aasee. Sieht nach einem Selbstmord aus, aber irgendwas stinkt gewaltig."

Sophie stellte ihren Kaffee ab.

"Wer ist es?"

Schulz sah sie lange an.

"Elena Marquardt. Die Journalistin."

Sophie spürte, wie eine unsichtbare Spannung den Raum erfüllte. Elena Marquardt. Der Name war ihr bekannt. Sie hatte sich in den letzten Jahren einen Namen gemacht, weil sie Korruptionsfälle aufdeckte und skrupellos an die Öffentlichkeit brachte. Dass sie nun tot war, konnte kein Zufall sein.

"Lass uns fahren", sagte Sophie knapp. Sie griff nach ihrer Jacke, und keine 10 Minuten später waren sie auf dem Weg zum Tatort.

Kapitel 3

Die Straße, die zum Aasee führte, war bereits mit Absperrband gesichert. Blaulichter spiegelten sich auf der nassen Fahrbahn, als Sophie und Schulz aus ihrem Wagen stiegen. Der kühle Morgennebel ließ den See trüb und unheilvoll wirken.

Ein paar Spaziergänger standen in der Ferne, neugierig, aber auf Abstand gehalten von den Streifenbeamten.

"Dornfeld, Schulz!" Ein uniformierter Polizist winkte ihnen zu. "Die Leiche ist hier drüben. Der Gerichtsmediziner ist schon da und schaut sie sich an."

Sophie nickte knapp und ging schnellen Schrittes durch das feuchte Gras. Am Ufer des Sees, unweit der Aasee Treppen, zwischen hohen Schilfgräsern, lag der leblos wirkende Körper von Elena Marquardt. Ihre Kleidung war durchnässt, ihre Haut bleich.

Dr. Klaus Berger, der Gerichtsmediziner, richtete sich gerade aus seiner Hocke auf, als Sophie nähertrat. "Sieht auf den ersten Blick aus wie ein Suizid. Keine äußerlichen Verletzungen, außer ein paar Kratzspuren an den Armen – vermutlich durch das Schilf verursacht. Sie ist ertrunken."

"Wirklich?" Sophie ließ ihren Blick über den Tatort schweifen. "Hat jemand gesehen, wie sie ins Wasser gegangen ist?"

Berger schüttelte den Kopf. "Nein. Keine Zeugen, soweit wir wissen. Ihr Handy wurde allerdings am Ufer gefunden. Keine Abschiedsnachricht. Aber das hier ..." Er deutete auf ein Paar schicke Schuhe, sauber nebeneinander aufgestellt.

Sophie runzelte die Stirn. "Ein Ritual? Oder ein gestelltes Bild?"

Schulz trat näher. "Ihr Auto?"

"Wurde noch nicht gefunden. Die Spurensicherung ist dran", sagte einer der Beamten.

Sophie kniete sich neben die Leiche und betrachtete Elenas Gesicht. Irgendetwas stimmte nicht. Die Haltung, die Position – es fühlte sich inszeniert an.

"Ich will wissen, wo sie gestern war, mit wem sie sich getroffen hat. Checkt ihre letzten Telefonate, ihre Mails, alles. Und dann..."

Sophie richtete sich auf und sah zu Schulz.

"Wir sprechen mit ihren Kollegen. Sie war Journalistin. Wenn sie getötet wurde, dann vielleicht weil sie an etwas dran war."

Schulz nickte. "Dann fangen wir mal an zu graben."

Kapitel 4

Die Redaktion der "*Münstersche Nachrichten*" lag in einem Bürogebäude nahe der Innenstadt. Die Glasfassade spiegelte den trüben Himmel wider, als Sophie und Schulz das Gebäude betraten. Sie meldeten sich an der Rezeption und wurden nach einem kurzen Telefonat in den zweiten Stock geschickt.

Der Chefredakteur, Thomas Wegener, erwartete sie bereits. Ein drahtiger Mann, Mitte fünfzig mit scharf geschnittenen Gesichtszügen, dessen Augen die beiden Ermittler aufmerksam musterten.

"Ich habe von Elenas Tod gehört. Eine Tragödie", sagte er mit neutraler Stimme, während er ihnen einen Platz an seinem Besprechungstisch anbot. "Aber ich bin mir nicht sicher, wie ich Ihnen helfen kann."

Sophie lehnte sich leicht nach vorne.

"Wir brauchen Zugang zu Elenas letzten Recherchen. Wissen Sie, woran sie zuletzt gearbeitet hat?" Wegener strich sich nachdenklich über das Kinn. "Elena war ... diskret. Sie sprach selten über ihre Themen, bevor sie bereit war, sie zu veröffentlichen. Aber ich weiß, dass sie in den letzten Wochen an einer großen Enthüllung gearbeitet hat. Sie hat mehrfach angedeutet, dass sie etwas ganz 'Großes' in der Hand hatte."

Schulz schnaubte leise. "Etwas Großes reicht uns nicht. Haben Sie Mails, Notizen, irgendetwas?"

Der Chefredakteur seufzte und zog eine Schublade auf. Er holte einen USB-Stick hervor. "Das ist ihr Arbeitsgerät. Ihre Recherchen speicherte sie darauf – zumindest die wichtigsten.

Ich wollte ihn der Polizei übergeben, also hier. Finden Sie heraus, was passiert ist."

Sophie nahm den Stick entgegen.

"Wir werden sehen, was sie wusste – und ob es sie vielleicht das Leben gekostet hat."

Kapitel 5

Sophie Dornfeld lehnte sich im Wagen zurück und betrachtete den kleinen USB-Stick in ihrer Hand. Ein unscheinbares Stück Plastik, das vielleicht den Schlüssel zu Elenas Tod enthielt. Neben ihr saß Schulz, der den Verkehr beobachtete, während sie sich durch das Mittagstreiben Münsters in Richtung Polizeipräsidium bewegten.

"Was denkst du?", fragte er schließlich, ohne den Blick von der Straße zu nehmen. "Findest du was darauf, oder ist das nur eine Sackgasse?"

Sophie drehte den Stick zwischen den Fingern. "Wenn Elena wirklich an etwas Großem dran war, dann ist es hoffentlich hier drauf. Aber die Frage ist: Wer wusste davon? Und wer hatte etwas zu verlieren, wenn es veröffentlicht worden wäre?"

Schulz brummte zustimmend. "Jemand, der nicht wollte, dass sie es der Welt mitteilt."

Als sie das Präsidium erreichten, gingen sie direkt in das Büro für digitale Forensik. Lena Bruckner, ihre Kollegin und Expertin für

IT-Analyse, saß bereits mit einem dampfenden Becher Kaffee vor ihrem Monitor. Sie blickte auf, als sie den Raum betraten.

"Bitte sag mir, dass ihr mir keine weitere Handysicherung zum Knacken bringt. Ich habe gerade erst das Chaos von letzter Woche bereinigt."

Sophie legte den Stick vor sie auf den Tisch. "Besser! Daten von einer toten Journalistin. Finde heraus, was darauf ist. Und wenn es irgendeinen Hinweis auf ihre letzte Story gibt – wir brauchen ihn."

Lena nahm den Stick und schob ihn in einen sicheren USB-Port an ihrem Computer. Sie ließ ein Prüfprogramm laufen, um nach Viren oder Verschlüsselungen zu suchen.

Währenddessen nahm sie einen tiefen Schluck Kaffee und sah Sophie fragend an.

"War es ein Mord?"

Sophie verschränkte die Arme. "Laut erstem Bericht ist sie ertrunken. Keine sichtbaren Spuren von Gewalt, aber irgendetwas passt nicht. Ich habe das Gefühl, dass das, was wir herausfinden, größer ist als ein einfacher Mord."

Der Computer piepte. Lena hob eine Augenbraue. "Da haben wir was. Dateien, Mails, Notizen. Aber einiges davon wurde verschlüsselt. Ich brauche Zeit, um das zu entschlüsseln."

"Wie lange?" Schulz kratzte sich am Kinn.

"Wir haben nicht ewig. Wenn jemand wusste, dass sie etwas hatte, könnte er versuchen, ihre Spuren zu verwischen." Lena tippte ein paar Befehle ein und seufzte. "Je nachdem, wie gut die Verschlüsselung ist – ein paar Stunden.

Vielleicht auch weniger, wenn ich Glück habe."

Sophie nickte. "Dann beeil dich. Wir sehen uns ihre Mails an, während du dich um die geschützten Dateien kümmerst."

Sie setzte sich neben Lena, während Schulz sich an die Kaffeemaschine lehnte und ihnen über die Schulter sah. Sie klickte sich durch den Ordner mit den letzten E-Mails. Einige waren belanglos – Anfragen an Informanten, Rückmeldungen von Kollegen. Doch dann stoppte Sophie.

Eine E-Mail, gesendet drei Tage vor ihrem Tod.

Absender: Unbekannt. Betreff:

"Wir müssen reden. Dringend!"

Lena öffnete die Nachricht. Der Text war knapp, aber unmissverständlich:

"Du bist zu nah dran. Ich kann nicht mehr helfen. Es gibt Augen überall. Bitte, sei vorsichtig. Vergiss nicht: Die Wahrheit kann tödlich sein."

Sophie runzelte die Stirn. "Kein Name, keine Signatur. Aber jemand wusste, dass Elena etwas auf der Spur war. Und dieser Jemand hatte scheinbar Angst."

Schulz schnaubte. "Großartig. Ein Geist, der uns nicht weiterhilft. Kannst du herausfinden, von wo die Mail gesendet wurde?"

Lena tippte erneut. "Der Absender ist verschleiert, aber ich kann versuchen, die IP zurückzuverfolgen. Das dauert. Aber – Moment mal. Hier ist noch eine Datei. Elena hat sie an sich selbst geschickt, nur wenige Stunden vor ihrem Tod."

Sie öffnete die Datei. Ein Textdokument erschien auf dem Bildschirm. Sophie beugte sich näher. Es war eine Liste. Namen, Daten, Verbindungen.

Sophie spürte, wie sich ihr Nacken verspannte. "Das ist keine einfache Recherche. Das ist ein Netzwerk. Und Elena hatte es entschlüsselt."

Schulz ließ seine Kaffeetasse sinken.

"Ein Netzwerk wovon?"

Lena scrollte weiter. "Politiker. Unternehmensvorstände. Juristen. Und – oh scheiße." Sie hielt inne und sah Sophie an. "Da steht Horst Kallweit drauf."

Sophie erstarrte. Horst Kallweit.

Der Polizeipräsident.

Sie tauschte einen schnellen Blick mit Schulz. "Wenn das echt ist, dann haben wir ein riesiges Problem."

Lena schob ihren Stuhl zurück. "Ihr habt nicht nur ein Problem. Ihr habt ein verdammtes Pulverfass. Und wenn Kallweit wirklich Teil davon ist, dann wissen sie längst, dass ihr das hier habt."

Plötzlich ertönte ein leiser Warnton aus Lenas Computer. Sie erstarrte. "Oh nein."

"Was?" Sophie war sofort alarmiert.

Lena zeigte auf den Bildschirm. "Jemand versucht, auf die Dateien zuzugreifen. Extern. Und das bedeutet – sie wissen, dass wir hier sind."

Sophie sprang auf. "Zieh den Stick raus, jetzt!"

Lena griff danach, doch bevor sie es konnte, fror der Bildschirm ein. Ein Fenster öffnete sich. Ein einzelnes Wort erschien auf dem Bildschirm:

"STOPP."

Für einen Moment herrschte absolute Stille im Raum. Dann sagte Schulz langsam: "Ich glaube, wir haben gerade jemanden wirklich nervös gemacht."

Sophie nahm den Stick und steckte ihn in ihre Jackentasche. "Dann sollten wir herausfinden, wer – bevor sie uns zum Schweigen bringen."

Kapitel 6

Sophie Dornfelds Herz schlug schneller, als sie den USB-Stick fest in ihrer Tasche umklammerte. Die Meldung auf dem Bildschirm war kein Zufall. Jemand wusste, dass sie an den Daten waren – und wollte sie aufhalten. Die Frage war: Wer? Und wie weit würde dieser Jemand gehen, um die Wahrheit zu vertuschen?

"Wir müssen sofort weg", sagte sie entschieden. "Lena, du verschlüsselst alles, was wir haben, und sicherst es doppelt. Schulz, wir brauchen ein todsicheres Versteck für den Stick. Wenn jemand extern darauf zugreifen kann, dann bedeutet das, dass sie uns längst im Visier haben."

Lena schloss den Laptop. Ihre Hände zitterten leicht, doch ihre Stimme war gefasst: "Ich kann versuchen, eine Spur zurückzuverfolgen, aber das wird dauern. Jemand hat sehr viel Aufwand betrieben, um seine Identität zu verschleiern."

Schulz stieß ein dumpfes Lachen aus. "Das überrascht mich nicht. Wenn wir hier tatsächlich eine Verbindung zu Kallweit gefunden haben, dann haben wir es mit Leuten zu tun, die nicht wollen, dass wir weiter graben."

"Dann müssen wir umso vorsichtiger sein. Wir sagen niemandem etwas – nicht einmal intern. Ab jetzt sind wir auf uns allein gestellt." sagte Sophie mit ernster Stimme.

Die Stadt wirkte trügerisch ruhig, als Sophie und Schulz das Präsidium verließen. Sie fuhren in Schulz' altem Dienstwagen, einem unscheinbaren Ford Fiesta, der kaum auffiel. Sophie beobachtete den Rückspiegel genau. Keine auffälligen

Fahrzeuge, keine Verfolger. Doch das bedeutete nichts.

"Also, was ist unser Plan?" fragte Schulz, während er eine kleine Nebenstraße entlangfuhr. "Wir haben eine Liste mit Namen, aber keine Beweise, die sie direkt mit Elenas Tod in Verbindung bringen."

Sophie dachte nach. "Elenas Informant.

Wer auch immer ihr diese Nachricht geschickt hat, wusste, dass sie in Gefahr war. Vielleicht hat sie sich noch mit jemandem getroffen, bevor sie starb. Wir müssen herausfinden, wer das war."

"Wo sollen wir anfangen?"

"Bei den letzten Anrufen auf ihrem Handy. Lena hat gesagt, dass ihr Telefon am Tatort gefunden wurde, oder? Vielleicht hat sie am Abend vor ihrem Tod noch mit jemandem gesprochen."

Schulz nickte.

"Dann zurück zur Spurensicherung. Hoffen wir, dass sie uns was Brauchbares geben können."

Die Spurensicherung hatte das Handy in einem versiegelten Plastikbeutel aufbewahrt. Der Techniker, ein blonder Mann namens Jansen, überreichte es ihnen mit einem skeptischen Blick.

"Das Gerät ist nass geworden, aber wir konnten es trocknen und sichern. Einige Daten sind verloren gegangen, aber die Anrufliste ist intakt."

Sophie nahm die Ausdrucke und überflog sie schnell. Die letzten Telefonate: Ein paar Journalistenkollegen, ein unbekannter Anschluss, dann ein weiterer Anruf um 22:14 Uhr.

Ralf Morbach.

Sophie tauschte einen Blick mit Schulz. "Der Staatsanwalt? Was wollte sie von ihm?"

Schulz grummelte. "Gute Frage. Er ist nicht gerade bekannt dafür, mit Journalisten zu plaudern. Und wenn er et-was wusste, hat er uns bisher nichts gesagt."

Sophie klappte die Akte zu. "Dann wird es Zeit, dass wir ihn direkt fragen."

Das Büro von Ralf Morbach lag neben dem Amtsgerichtsgebäude am Schlossplatz. Ein steriler, hellgrauer Kastenbau, der genauso einladend wirkte wie ein Verhörraum. Als Sophie und Schulz eintrafen, war die Sekretärin wenig begeistert von unangekündigtem Besuch.

"Herr Morbach ist in einer Besprechung", sagte sie mit gespielter Freundlichkeit.

Sophie zog ihren Dienstausweis aus der Jackentasche und hielt ihn ihr vors Gesicht. "Dann sagen Sie ihm, dass es um den Mord an Elena Marquardt geht."

Widerwillig griff die Frau zum Telefon und nuschelte etwas in den Hörer. Sekunden später kam die knappe Antwort: "Er erwartet Sie."

Morbachs Büro war groß und makellos aufgeräumt. Der Staatsanwalt selbst saß hinter einem massiven Schreibtisch, die Hände gefaltet, als wäre er gerade auf dem Weg zu einer Gerichtsverhandlung. "Kriminaloberkommissarin Dornfeld, Oberkommissar Schulz. Zu welchem Vergnügen verdanke ich diesen unangekündigten Besuch?"

Sophie legte ihm die Ausdrucke von Elenas Anrufliste vor. "Sie haben am Abend vor ihrem Tod mit Elena Marquardt telefoniert. Worum ging es?"

Morbachs Gesicht verfinsterte sich.

Er nahm sich einen Moment, bevor er antwortete.

"Sie hat mich angerufen, weil sie Informationen zu einem laufenden Verfahren wollte. Ich habe ihr gesagt, dass ich ihr nicht helfen kann."

Schulz verschränkte die Arme. "Und worum ging es in diesem Fall?"

Morbach lehnte sich zurück. "Das kann ich nicht sagen."

Sophie fixierte ihn mit ihren Augen. "Können nicht oder wollen nicht?"

Ein kurzes Zucken um seine Mundwinkel verriet, dass er mehr wusste, als er zugab. "Dornfeld, Sie müssen verstehen, dass es Dinge gibt, die selbst ich nicht beeinflussen kann. Elena war eine talentierte Journalistin, aber sie hat nicht gewusst, wann sie aufhören soll. Und das hat sie letzten Endes umgebracht."

Sophie lehnte sich vor. "Oder jemand hat nachgeholfen."

Morbach sagte nichts.

Schulz seufzte. "Letzte Frage: Hatte sie Angst?"

Morbach zögerte. Dann nickte er langsam. "Ja. Sie wusste, dass man sie auf Schritt und Tritt beobachtete."

Sophie spürte, wie ihr Puls schneller wurde. "Von wem?"

Morbach hielt ihrem Blick stand. "Ich kann Ihnen das nicht sagen. Aber wenn Sie weitermachen, dann sollten Sie sehr vorsichtig sein. Sie haben bereits Aufmerksamkeit erregt."

Sophie stand auf. "Dann hoffen wir, dass es die richtige Art von Aufmerksamkeit ist."

Zurück im Auto atmete Schulz tief durch. "Das war … wenig hilfreich."

Sophie tippte nachdenklich gegen das Lenkrad. "Nicht ganz. Er hat uns nicht viel gesagt, aber genug. Elena wusste, dass sie in Gefahr war. Und Morbach scheint Angst zu haben."

"Und jetzt?"

Sophie zog den USB-Stick aus ihrer Jackentasche und sah ihn einen Moment an. "Jetzt finden wir heraus, warum."

Kapitel 7

Die Luft im Wagen war stickig, doch Sophie ignorierte es. Ihre Gedanken rasten. Sie wussten jetzt, dass Elena Angst gehabt hatte, dass sie sich verfolgt fühlte. Doch ebenfalls wusste sie auch, dass Morbach ihnen nicht die Wahrheit gesagt hatte. Er verschwieg etwas – vielleicht aus Angst, vielleicht aus Eigennutz.

"Wir können nicht einfach planlos herumfahren", sagte Schulz schließlich. "Wir brauchen einen vernünftigen Plan. Wenn Kallweit wirklich involviert ist und mit dem Mord in irgendeiner Verbindung steht, dann sind wir bestimmt schon auf seiner Abschussliste."

Sophie sah aus dem Fenster. "Wir brauchen einen Ort, an dem wir sicher sind und die Daten weiter untersuchen können. Lena kann nicht im Präsidium daran weiterarbeiten, sie wird dort beobachtet. Und zu uns nach Hause können wir auch nicht, falls sie uns wirklich verfolgen."

Schulz nickte nachdenklich. "Ich kenne einen Ort. Ein alter Freund von mir besitzt eine Schreinerwerkstatt am Stadtrand. Keine Kameras, keine Nachbarn, niemand, der Fragen stellt."

Sophie überlegte kurz, dann nickte sie. "Dann fahren wir dort hin. Aber wir müssen vorher noch einen Schritt weitergehen."

"Was meinst du?"

"Morbach lügt uns an. Ich will wissen, was er wirklich weiß. Wir müssen ihn irgendwie unter Druck setzen."

Schulz grinste. "Und wie willst du das machen.?"

Sophie zog ihr Handy heraus. "Noch besser. Ich gebe ihm das Gefühl, dass er nicht mehr sicher ist."

Sie tippte eine Nachricht an ihn:

„Sie können schweigen, aber das wird Sie nicht schützen. Wir kommen der Wahrheit immer näher."

Schulz hob eine Augenbraue. "Nicht schlecht. Wenn er wirklich Angst hat, wird er jetzt anfangen, sich zu bewegen – und vielleicht einen Fehler machen."

Die Schreinerwerkstatt lag in einer abgelegenen Seitenstraße, versteckt hinter einer dichten Baumreihe. Das Gebäude war alt, doch der Innenraum war sauber und funktional. Maschinen standen still, Sägemehl lag in der Luft. Schulz schloss die Tür hinter ihnen ab und zog die Vorhänge zu.

"Hier können wir eine Weile untertauchen", sagte er und deutete auf einen alten Arbeitstisch. "Leg den Stick hier hin, Lena kann sich dann einloggen."

Sophie zog den USB-Stick aus ihrer Jacke und legte ihn auf den Tisch. "Wir müssen schnell sein. Wenn sie uns auf der Spur sind, bleibt uns nicht mehr viel Zeit."

Schulz setzte sich und zog einen Laptop aus einer Schublade. "Schreib Lena und sag ihr, dass sie sich remote zuschalten soll. Hoffen wir, dass sie uns schnell Ergebnisse liefert."

Sophie tippte auf ihrem Handy. Von Morbach kam noch keine Antwort. Aber sie wusste, dass er sich nicht ewig ruhig verhalten würde.

Nach einer halben Stunde summte das Handy. Eine Nachricht von Lena:

„Ich bin drin. Die verschlüsselten Dateien sind fast entschlüsselt. Aber es gibt ein Problem."

Sophie rief sie sofort an. "Was für ein Problem?"

Lenas Stimme klang angespannt. "Da ist noch jemand. Jemand hat versucht, sich in mein System zu hacken. Ich habe ihn blockiert, aber ich weiß nicht, wie lange ich das durchhalten kann. Sie sind uns verdammt dicht auf den Fersen."

Sophie spürte, wie ihr Magen sich zusammenzog. "Kannst du trotzdem weiterarbeiten?"

"Ja, aber wir müssen uns beeilen. Ich habe schon ein paar Namen entschlüsselt. Und rate mal, wer einer davon ist."

"Sag es mir."

Lena holte tief Luft. "Werner Haller."

Sophie hielt inne. Haller war ihr direkter Vorgesetzter bei der Kripo. Wenn er auch in das Netzwerk verwickelt war, dann gab es im gesamten Präsidium niemanden mehr, dem sie vertrauen konnten.

Schulz fluchte leise. "Verdammt. Das erklärt einiges."

Sophie atmete tief durch. "Lena, entsperre alles, was du kannst, und schick es mir. Und sei vorsichtig."

"Verstanden. Ich melde mich, sobald ich mehr habe." Das Gespräch endete. Sophie legte das Handy zur Seite und sah Schulz an. "Wir sitzen in einem verdammten Wespennest. Unser eigener Vorgesetzter steckt mit drin."

Schulz nickte grimmig. "Das heißt, wir sind jetzt wirklich auf uns allein gestellt."

Plötzlich hörten sie draußen ein Geräusch. Schritte im Kies. Sophie zog ihre Waffe. Schulz tat dasselbe. Jemand musste ihnen unbemerkt gefolgt sein.

Kapitel 8

Sophie hielt den Atem an, die Finger fest um den Griff ihrer Waffe geschlossen. Das Geräusch war eindeutig gewesen. Schritte. Nicht mehr als zwei Personen. Langsam schlich sie zur Tür der Schreinerwerkstatt, während Schulz sich an eine der dunklen Ecken des Raums bewegte, bereit, jeden potenziellen Eindringling zu überraschen.

Die Sekunden dehnten sich endlos, dann klopfte es plötzlich leise an der Tür. Drei kurze Schläge. Kein Poltern, kein Hämmern – ein Zeichen?

Schulz sah sie fragend an. Sophie nickte knapp, hob ihre Waffe an und öffnete die Tür einen Spalt.

Draußen, nur spärlich vom Licht einer alten Straßenlaterne beleuchtet, stand eine hagere Gestalt im dunklen Mantel. Eine Kapuze verbarg das Gesicht, doch als die Person langsam den Kopf hob, erkannte Sophie ihn sofort.

Ralf Morbach.

„Darf ich reinkommen?", fragte er ruhig, aber in seiner Stimme lag eine angespannte Dringlichkeit.

Sophie trat einen Schritt zurück, ließ ihn ein und verschloss sofort wieder die Tür. Sie richtete ihre Waffe nicht direkt auf ihn, hielt sie aber griffbereit. Schulz trat aus dem Schatten und musterte Morbach misstrauisch.

„Sie haben Nerven", sagte er grimmig. „Was zur Hölle machen Sie hier?"

Morbach atmete schwer aus. „Ich hatte gehofft, dass ich noch etwas Zeit hätte, aber es scheint, als hätte ich mich geirrt. Ihr kleiner Trick, Sophie, hat funktioniert. Ich wusste, dass Sie mir auf den Fersen sind. Ich wusste nur nicht, dass Sie wirklich so verdammt nah dran sind."

Sophie verschränkte die Arme. „Dann reden Sie. Alles!"

Morbach fuhr sich mit einer zittrigen Hand durchs Gesicht. „Elena hat mich kontaktiert, weil sie Beweise gegen Kallweit hatte. Ich wusste, dass sie in Gefahr war, aber ich konnte nichts tun. Ich bin nicht einer von ihnen, aber ich bin nah genug dran, um zu wissen, was passiert, wenn man sich mit den falschen Leuten anlegt. Ich habe ihr gesagt, dass sie vorsichtig sein soll. Dass sie aufhören soll. Aber sie hat nicht auf mich gehört."

„Dann haben sie sie getötet", sagte Schulz mit kalter Stimme.

Morbach schüttelte den Kopf. „Ich weiß es nicht genau. Aber ich weiß, dass sie beobachtet wurde. Sie haben Zugriff auf alles – ihre Mails, ihr Handy, ihre Kontakte. Sie wussten, was sie wusste. Und sie haben dafür gesorgt, dass sie keine Chance hatte, es zu veröffentlichen."

Sophie ließ seine Worte sacken. „Und jetzt haben sie uns ins Visier genommen."

„Ja", sagte Morbach schlicht. „Und das bedeutet, dass wir alle schneller sein müssen, als sie es sind."

Lena meldete sich über das Funkgerät, das auf dem Tisch lag. „Sophie? Ich hab's geschafft. Ich habe alle Dateien entschlüsselt."

Sophie nahm den Hörer. „Was hast du gefunden?"

Lenas Stimme klang rau. „Das ist grösser, als wir dachten. Es geht hier nicht nur um Korruption.

Sie haben ein ganzes Netzwerk aufgebaut – Erpressung, Insiderhandel, Vertuschung von Verbrechen.

„Es gibt Dokumente, Banküberweisungen, unterschriebene Absprachen. Und es gibt noch etwas: eine Liste von Leuten, die sie aus dem Weg räumen mussten."

Schulz trat näher. „Und steht Elena Marquardt auch auf dieser Liste?"

Lena atmete hörbar aus. „Ja. Und nicht nur sie. Auch andere. Journalisten, Polizisten, Whistleblower. Alle tot, verschwunden oder ruiniert."

Ein schweres Schweigen legte sich über den Raum. Dann sagte Sophie entschlossen: „Das bedeutet, dass wir nicht länger nur ermitteln. Jetzt müssen wir handeln."

Kapitel 9

Die Luft in der Schreinerwerkstatt war schwer vor Anspannung. Sophie fühlte, wie sich in ihrem Bauch ein schwerer Knoten formte. Sie war Kriminaloberkommissarin, sie war Ermittlerin – aber jetzt waren sie nicht mehr nur Jäger. Jetzt wurden sie selbst gejagt.

"Also was tun wir?" Schulz lehnte sich gegen die Werkbank, seine Hände in die Jackentaschen vergraben. "Wir können nicht einfach zur Staatsanwaltschaft rennen und hoffen, dass sich alles von allein löst."

Morbach seufzte. "Selbst wenn ich alles auf den Tisch lege – es wird nicht reichen. Kallweit hat seine Leute überall. Die Beweise müssen an die Öffentlichkeit."

Sophie nickte langsam. "Dann müssen wir dafür sorgen, dass das passiert." Sie trat zum Tisch, wo der Laptop noch geöffnet war. Der USB-Stick lag daneben, unscheinbar, aber jetzt das wohl wichtigste Beweisstück ihrer Karriere. Lena hatte alles entschlüsselt – sie hatten Dokumente, Überweisungen, Namen.

Alles, was sie brauchten, um Kallweit und sein Netzwerk auffliegen zu lassen. Doch wie brachten sie es in die richtigen Hände?

"Ich habe einen Kontakt", sagte Morbach zögerlich. "Ein Journalist, der unabhängig arbeitet.

Er kann es veröffentlichen. Aber wir müssen es ihm sicher zukommen lassen."

Schulz warf ihm einen skeptischen Blick zu. "Und wir sollen dir jetzt einfach vertrauen? Du hast bisher nicht gerade mit offenen Karten gespielt."

"Ich habe keine Wahl", erwiderte Morbach. "Kallweit wird mich genauso fallen lassen wie jeden anderen, wenn es hart auf hart kommt. Und ehrlich gesagt – ich will nicht in dieser Liste als 'Problem, das gelöst wurde' enden."

Sophie schloss die Augen für einen Moment. Sie wusste, dass sie nicht viel Zeit hatten. Sie mussten einen Schritt voraus sein. "Dann treffen wir deinen Kontakt. Aber nicht hier. Wir suchen uns einen neutralen Ort. Und wir gehen getrennt hin."

Es war fast Mitternacht, als sie die Werkstatt verließen. Sie fuhren mit zwei Autos – Schulz und Morbach nahmen den Dienstwagen, Sophie fuhr mit dem Ford. Sie hatten entschieden, sich in einem abgelegenen Parkhaus am Ring in der Nähe der Uniklinik zu treffen. Es war ein Risiko, aber sie brauchten eine Möglichkeit, sich unbeobachtet zu bewegen.

Sophie war angespannt, als sie auf das Display ihres Handys blickte. Eine Nachricht von Lena blitzte auf:

"Vorsicht. Hab verdächtige Aktivitäten bemerkt. Passt gut auf euch auf."

Sophie fluchte leise. Sie waren längst im Visier. Kallweit wusste vielleicht nicht, wo sie genau waren – aber er wusste, dass es für ihn enger wurde.

Sie parkte das Auto im dunklen Bereich des Parkhauses und stieg aus. Ihr Blick wanderte über die Umgebung. Alles schien ruhig. Zu ruhig.

Morbach und Schulz waren bereits da. Neben ihnen stand ein dritter Mann, groß, schlank, in eine dunkle Jacke gehüllt. Sein Gesicht war angespannt, als Sophie nähertrat.

"Sophie Dornfeld?" fragte er mit einer rauen Stimme.

Sie nickte. "Und Sie sind?"

"David Krause. Freier Journalist. Morbach hat mir erzählt, was Sie haben. Wenn das stimmt, dann wird das das größte Ding seit Jahrzehnten."

Sophie zog den USB-Stick aus ihrer Tasche. "Es ist echt. Und es reicht aus, um Kallweit und sein Netzwerk zum Einsturz zu bringen. Aber wir müssen sicherstellen, dass es veröffentlicht wird, bevor sie uns aufhalten können."

Krause wollte gerade den Stick mit den Worten, "Ich werde alles doppelt sichern und sofort mit meinen Kontakten sprechen. Ich brauche ein paar Stunden, aber das Ding wird morgen früh live sein." entgegennehmen als plötzlich das Geräusch von schnellen Schritten hörbar lauter wurde.

Sophie spürte, wie ihr Herzschlag explodierte.

"RUNTER!" rief sie.

Ein Schuss hallte durch das Parkhaus. Sie
warfen sich zu Boden. Die Kugel schlug in die
Betonwand hinter ihnen ein. Dann hörten sie das
Quietschen von Reifen – ein Auto raste auf sie zu.

Schulz riss seine Waffe heraus und feuerte auf
die Reifen des Wagens. Das Fahrzeug geriet ins
Schleudern und krachte gegen eine Betonpfeiler.
Die Tür wurde aufgerissen – eine dunkle Gestalt
sprang heraus und rannte davon in die Dunkelheit

Sophie packte ihre Waffe und sprintete
hinterher. Der Angreifer schlug einen Haken nach
rechts, doch sie war schneller. Sie warf sich gegen
ihn, brachte ihn zu Boden. Der Mann keuchte,
versuchte sich loszureißen – doch Sophie drückte
ihre Knie gegen seine Brust und entriss ihm die
Waffe. Als sie ihm ins Gesicht sah, erstarrte sie.

Es war Werner Haller. Ihr Vorgesetzter. Einer der
höchsten Beamten im Präsidium.

"Verdammt, Sophie ..." keuchte er. "Du hast
keine Ahnung, mit wem du dich anlegst."

Sophie packte ihn am Kragen. "Oh doch. Und
genau deshalb wirst du jetzt auspacken."

Kapitel 10

Sophie starrte auf Hallers blasse, schweißbedeckte Stirn. Sein Atem ging schwer, seine Augen huschten nervös von ihr zu Schulz, der seine Waffe noch immer auf ihn gerichtet hielt. Morbach stand ein Stück abseits, den Blick wachsam auf die Umgebung gerichtet.

"Du hast zwei Möglichkeiten, Haller", sagte Sophie kühl. "Entweder du redest, oder ich überlasse dich der Staatsanwaltschaft mit allem, was wir haben. Und ich garantiere dir, Kallweit wird nicht zögern, dich fallen zu lassen, sobald ihm klar wird, dass du geschnappt wurdest."

Haller schluckte und keuchte. "Ihr versteht nicht — Es ist nicht so einfach. Wenn ihr wüsstet, mit wem ihr euch anlegt —"

"Dann klär uns auf!" fiel Schulz ihm gereizt ins Wort. "Glaubst du, wir spielen hier ein Kinderspiel? Du hast versucht, uns umzubringen. Du stehst ganz oben auf der Liste der Verdächtigen."

Haller schwieg für einen Moment. Dann schloss er die Augen und flüsterte: "Ich wollte euch nicht töten. Ich sollte euch nur aufhalten."

Sophie spannte sich an. "Wer hat dir diesen Auftrag gegeben?"

Haller schüttelte langsam den Kopf.

"Kallweit.

Aber er ist nicht der Kopf der Schlange. Er ist nur ein Rädchen im Getriebe. Es geht weit darüber hinaus." Seine Stimme zitterte. "Ihr habt keine Ahnung, wie tief das reicht."

"Dann gib uns eine Ahnung", forderte Sophie. "Wenn du überleben willst, brauchst du uns jetzt mehr als wir dich."

Haller lachte trocken. "Ihr denkt, ihr könnt das aufhalten? Ihr seid naiv. Kallweit hat Verbindungen in die höchsten Kreise. Politik, Wirtschaft, Justiz. Ihr denkt, ein paar Beweise auf einem USB-Stick reichen aus? Das ist ein Tropfen auf den heißen Stein. Sie haben Leute an jedem Hebel, die euch ausbremsen können. Oder verschwinden lassen."

"Und was war deine Rolle dabei?" fragte Schulz scharf. Haller wich seinem Blick aus. "Ich habe bei bestimmten Dingen weggesehen. Dafür gesorgt, dass bestimmte Ermittlungen ins Leere laufen. Ich habe nie jemanden getötet — aber ich habe dafür gesorgt, dass andere es tun konnten, ohne dass jemand nachfragt. Ich habe dafür gesorgt, dass Leute wie ihr — Ermittler mit zu viel Ehrgeiz — früh genug gestoppt werden."

Sophie fühlte, wie ihr Puls raste. Sie hatte es immer geahnt, aber jetzt war die Bestätigung da. Das gesamte System war korrumpiert. Die Frage war nur: Wie weit reichte es wirklich?

Morbach trat näher. "Es gibt eine Möglichkeit, uns zu helfen, Haller. Wenn du wirklich überleben willst, brauchst du Schutz. Und den bekommst du nur, wenn du Kallweit und seine Hintermänner direkt belastest. Namen. Transaktionen. Alles, was du weißt."

Haller zögerte. "Ihr versteht nicht ...

Ich bin bereits tot, sobald sie erfahren, dass ich mit euch rede."

Sophie beugte sich zu ihm. "Dann sollten wir uns beeilen. Denn wenn wir das Richtige tun, dann wirst nicht nur du, sondern auch Kallweit und seine Leute ins Visier geraten."

Haller sah sie lange an, dann atmete er tief durch. "In meinem Büro gibt es eine Festplatte. Darauf sind verschlüsselte Daten – alle internen Anweisungen, alle verschwundenen Fälle, alle manipulierten Berichte. Das ist euer Schlüssel."

Sophie nickte. "Dann holen wir sie. Aber sei dir eines bewusst: Wenn du uns hintergehst, wird dir niemand mehr helfen können."

Haller schloss kurz die Augen und murmelte: "Ich hoffe nur, ihr seid schneller als die."

Kapitel 11

Sophie spürte, wie die Zeit gegen sie arbeitete. Die Informationen auf Hallers Festplatte könnten wirklich der Schlüssel sein, um das Netzwerk end-gültig auffliegen zu lassen – oder ihre letzte Chance, bevor Kallweit und seine Leute sie einholten.

"Wo genau ist die Festplatte?" fragte sie scharf.

Haller rieb sich über das Gesicht. "In meinem Büro. Im Präsidium. In einem der verschlossenen Aktenschränke. Ich habe sie als Beweismaterial zu einem alten Fall deklariert, um sie aus der offiziellen IT-Datenbank herauszuhalten. Niemand außer mir weiß, dass sie dort ist.

Bisher zumindest."

Schulz verzog das Gesicht. "Du willst uns allen Ernstes erzählen, dass du glaubst, sie sei dort sicher? Wenn Kallweit einen Verdacht schöpft, wird er dein Büro auf den Kopf stellen lassen."

Haller zuckte mit den Schultern.

"Er hat keinen Grund, es zu tun – es sei denn, ihr lasst euch bis dorthin verfolgen. "Sophie war bereits einen Schritt weiter. "Wir müssen rein. Und zwar unbemerkt. Wenn wir auffallen, haben wir keine Chance mehr."

"Ich könnte euch hineinbringen," bot Haller an. "Ich werde offiziell zum Dienst erscheinen. Ich bin immer noch im Präsidium, und solange Kallweit nichts ahnt, wird niemand Fragen stellen, wenn ich in mein Büro gehe."

Schulz kniff die Augen zusammen. "Und was sollen wir tun? Einfach draußen warten? Falls du uns in eine Falle lockst, sind wir geliefert."

Haller wirkte aufrichtig nervös. "Ich will keinen Ärger, verdammt! Ich will nur überleben. Wenn ich euch verrate, werde ich nicht länger als eine Woche leben. Aber wenn ich die Beweise an euch übergebe, dann könnte ich vielleicht halbwegs heile aus der Nummer rauskommen."

Sophie musterte ihn scharf.

"In Ordnung. Aber wir begleiten dich – im Verborgenen. Du gehst normal rein, aber du bist nicht allein."

Zwanzig Minuten später.

Das Polizeipräsidium lag dunkel vor ihnen, nur wenige Büros waren noch beleuchtet. Die meisten Beamten hatten längst Feierabend gemacht. Sophie, Schulz und Morbach saßen im Wagen auf der gegenüberliegenden Straßenseite, während Haller alleine ausstieg und gradewegs auf den Haupteingang zuging.

"Wenn er uns reinlegt, haben wir ein Problem," murmelte Schulz.

"Dann haben wir größere Sorgen als nur die Festplatte," entgegnete Sophie. Sie schob das Fernglas hoch und beobachtete Haller, wie er mit seinem Dienstausweis die Eingangskontrolle passierte. Keine Wachen hielten ihn auf. Er verschwand im Gebäude.

"Zeit für uns, reinzukommen," sagte Morbach. "Wir nehmen den Nebeneingang."

Sophie nickte, und sie schlichen durch eine dunkle Gasse, die zum Hinterhof des Präsidiums führte. Eine unscheinbare Tür. "Hier kommen nur wenige rein. Techniker, Wartungsleute. Ich hoffe, der Zugangscode ist noch derselbe."

Er gab eine Zahlenkombination ein. Ein leises Summen, dann klickte das Schloss.

"Wir sind drin."

Das Innere des Präsidiums war still. Die wenigen Beamten, die noch da waren, saßen in ihren Büros oder liefen in den oberen Etagen umher. Sophie und die anderen bewegten sich unauffällig durch die Flure.

"Hallers Büro ist im dritten Stock," flüsterte Morbach. "Wenn wir Glück haben, erreichen wir es, ohne entdeckt zu werden."

Sie huschten eine Treppe hinauf, vorbei an Büros, in denen Bildschirme noch leuchteten. Ein einzelner Beamter kam ihnen entgegen, ein Akten-stapel unterm Arm. Sie pressten sich in eine dunkle Ecke, hielten die Luft an. Der Mann lief an ihnen vorbei, ohne sie zu bemerken.

Schließlich erreichten sie den Flur vor Hallers Büro. Die Tür stand leicht offen.

"Das ist nicht gut," murmelte Schulz.

Sophie zog ihre Waffe. Sie spürte, dass etwas nicht stimmte. Sie gab Schulz ein Zeichen, die Tür zu öffnen. Er tat es vorsichtig – und das Bild, das sich ihnen bot, ließ ihnen das Blut in den Adern gefrieren.

Haller lag auf dem Boden.

Ein Blutfleck breitete sich unter ihm aus. Seine Augen waren weit aufgerissen, als hätte er noch in den letzten Sekunden seines Lebens versucht, etwas zu sagen.

Sophie stürzte zu ihm, tastete nach seinem Puls – nichts.

"Scheiße," flüsterte Schulz. "Wir waren zu langsam."

Morbach trat näher und betrachtete die Szene. "Es war sauber. Kein Kampf, kein Chaos. Jemand hat ihn überrascht."

Sophie presste die Lippen zusammen. „Das bedeutet, dass sie wussten, dass er kommen würde." Ihre Augen wanderten durch das Büro. Der Aktenschrank stand offen – und war leer.

„Die Festplatte ist weg," sagte sie leise.

Eine dunkle Stille legte sich über sie alle. Dann hörten sie draußen im Flur Schritte.

„Wir müssen hier raus!" zischte Schulz.

Sophie atmete tief durch. Sie wusste, dass sie sich jetzt entscheiden mussten. Es gab kein Zurück mehr.

Kapitel 12

Sophie spürte, wie ihr Adrenalinspiegel in die Höhe schoss. Die Schritte im Flur wurden lauter. Wer immer Haller ermordet hatte, war noch in der Nähe. Vielleicht war es sogar der Mörder selbst. Sie tauschte einen schnellen Blick mit Schulz, der bereits die Waffe gehoben hatte. Morbach trat einen Schritt zurück, sein Gesicht angespannt.

"Wir müssen raus. Jetzt!" zischte Schulz.

Sophie bewegte sich leise zur Tür, spähte durch den schmalen Spalt ins dunkle Treppenhaus. Ein Schatten bewegte sich am Ende des Flurs, kurz vor der nächsten Ecke. Es war nur eine einzige Person – doch das hieß nichts. Vielleicht warteten weitere am Ausgang.

„Hintereingang?", flüsterte Morbach.

Sophie schüttelte den Kopf. „Zu riskant. Sie haben uns vielleicht schon eingekreist."

„Also?", fragte Schulz.

„Wir nehmen den Fahrstuhlschacht."

Schulz warf ihr einen entgeisterten Blick zu. "Verdammt, Sophie!

Wenn wir da stecken bleiben —"

"Dann sind wir genauso tot, als würden wir hierbleiben", unterbrach sie ihn scharf.

Sie huschten zur Tür des Fahrstuhls. Sophie zog ihr Taschenmesser aus der Jackentasche und setzte es zwischen die schmalen Spalten der Tür.

Mit einem kräftigen Hebeln sprang die Tür auf –
vor ihnen gähnte der dunkle Fahrstuhlschacht.

„Hoffen wir, dass die Leiter stabil ist", murmelte
Schulz und warf einen Blick in die Tiefe.

Gerade als Sophie den ersten Tritt auf die rostige
Metalleiste setzte, hallten schwere Schritte durch
das Treppenhaus. Sie hatten nicht mehr viel Zeit.

„Los, rein!", zischte sie und schob Morbach als
Ersten in den Schacht. Er kletterte vorsichtig nach
unten, gefolgt von Schulz. Sophie war die Letzte.

Der Moment, in dem die Tür des Büros hinter
ihnen aufgerissen wurde, war der Augenblick, in
dem sie das Licht der Taschenlampe sah.

„Hier ist jemand!", rief eine raue Stimme.

Ein Schuss krachte durch den Raum und
zersplitterte die Metallwand über Sophies Kopf. Sie
ließ sich hastig ein paar Sprossen tiefer fallen und
hörte, wie jemand am Fahrstuhlschacht ankam.
Ohne nachzudenken, streckte sie ihren Arm aus,
packte das offene Gitter des Fahrstuhls und riss es
nach vorne. Mit einem lauten Scheppern krachte es
zu, nur eine Sekunde, bevor ein weiterer Schuss
fiel.

„Verdammt, beeil dich, Sophie!", rief Schulz von
unten.

Sie klammerte sich fester an die Leiter und
kletterte so schnell sie konnte. Der Schacht war
tiefer, als sie erwartet hatte. Unter ihr sah sie, wie

Schulz bereits die Tür zur nächsten Etage aufbrach.

Als sie das untere Stockwerk erreichten, sprang Sophie als Letzte aus dem Schacht. Sie riss die Tür hinter sich zu, während Schulz mit geübtem Griff den Notknopf des Fahrstuhls drückte. Ein dumpfes Summen ertönte, dann ruckelte der Fahrstuhl über ihnen – als ob jemand oben auf ihn gesprungen wäre.

„Zeit zu rennen!", rief Morbach.

Sie sprinteten durch den Korridor und stießen die Tür zum Hinterhof auf. Der kalte Nachtwind schlug ihnen entgegen, aber sie hatten keine Zeit, ihn zu genießen. Sie rannten zu ihrem Wagen, während hinter ihnen die Sirenen im Präsidium losheulten. Sophie riss die Fahrertür auf und warf den Motor an. Schulz sprang auf den Beifahrersitz, Morbach auf die Rückbank.

„Verdammte Scheiße!", keuchte Schulz. „Wer zur Hölle hat uns da gerade gejagt?"

Sophie lenkte scharf auf die Hauptstraße, sah in den Rückspiegel. Zwei dunkle SUVs waren aufgetaucht – ihre Scheinwerfer blendeten hell durch die Nacht.

„Wir finden es gleich heraus", sagte sie und trat das Gaspedal durch.

Die Verfolgungsjagd hatte begonnen.

Kapitel 13

Die Reifen quietschten, als Sophie das Steuer herumriss und den Wagen in eine enge Seitenstraße lenkte. Der Motor heulte auf, als sie aufs Gas trat. Die beiden dunklen SUVs folgten ihnen dicht, ihre Scheinwerfer durchschnitten die Nacht wie Jagdhunde auf der Spur ihrer Beute.

"Haltet Euch fest!" rief sie, während Morbach auf der Rückbank hektisch nach einer Waffe griff.

"Wir müssen sie abhängen!" keuchte Morbach. "Wenn sie uns kriegen, war's das!"

"Danke für die ermutigenden Worte!" fauchte Sophie zurück und raste über eine rote Ampel. Eine Hupe ertönte, ein anderer Fahrer wich aus, doch sie hatten keine Zeit, sich um Verkehrsregeln zu kümmern. Schulz drehte sich im Sitz um und schätzte die Lage ein. "Sie kommen näher! Und ich wette, sie haben keine Lust, uns lebend zu fassen."

Sophie ahnte, dass er recht hatte. Die Männer in diesen SUVs hatten bereits Haller aus dem Weg geräumt – sie würden nicht zögern, auch sie zu eliminieren. Ihre Hände krampften sich ums Lenkrad. Sie musste schlau sein. Geschwindigkeit allein würde sie nicht retten. Sie bog abrupt nach rechts, schrammte fast einen parkenden Wagen, raste dann eine schmale Gasse hinunter. Eine Sackgasse. Doch Sophie hatte diesen Stadtteil im Kopf.

"Festhalten!" rief sie.

Sie trat auf die Bremse, riss den Wagen in eine Vollbremsung und schleuderte in eine schmale Seitengasse. Das Auto drehte sich um 180 Grad, sodass die Front nun in die Richtung zeigte, aus der sie gekommen waren.

„Was zur —?" begann Morbach, doch Sophie trat erneut aufs Gas. Die SUVs schossen an der Einmündung vorbei, ihre Fahrer hatten die plötzliche Wende nicht erwartet.

"Jetzt sind wir hinter ihnen!" rief Schulz triumphierend.

Sophie nutzte den Moment, um sich in eine Parallelstraße zu flüchten. Die SUVs versuchten, zu wenden, aber sie hatte ihnen wertvolle Sekunden abgenommen.

"Wir müssen von der Straße runter!"

sagte sie. "Wir brauchen einen sicheren Ort zum Untertauchen."

"Mein Loft!" rief Morbach. "Es liegt am Hafen, unauffällig und mit direktem Zugang zu den Docks. Da wird uns niemand so leicht finden."

Sophie nickte und raste weiter. Sie schnitt durch eine Industriezone, ließ die Hauptstraßen hinter sich. Nach fünf Minuten, in denen sie sich sicher war, dass die SUVs nicht mehr in Sicht waren, nahm sie eine dunkle, kaum beleuchtete Zufahrt zum Hafen.

Morbach öffnete mit einem Zahlencode ein Seitentor, und sie fuhren in eine alte Lagerhalle. Als

Sophie den Motor abstellte, war für einen Moment absolute Stille.

Sie stiegen aus, keuchend, voller Adrenalin. Schulz trat als Erster ans Tor und lauschte. Nichts.

„Wir haben sie abgeschüttelt", sagte er endlich.

Sophie ließ sich gegen den Wagen sinken und rieb sich über das Gesicht.

Sie waren dem Tod nur um Haaresbreite entkommen. Aber der eigentliche Kampf stand noch bevor. „Wir haben keine Zeit zum Ausruhen", sagte Morbach. "Kallweit weiß, dass wir noch am Leben sind. Und wir haben nichts mehr in der Hand. Keine Festplatte, keine direkten Beweise."

Sophie sah ihn an. "Dann besorgen wir uns neue"

Kapitel 14

Die kühle Nachtluft kroch durch die offenen Fenster der Lagerhalle, während Sophie mit verschränkten Armen vor Morbach stand. Ihre Gedanken rasten. Sie hatten keine Beweise mehr, keine Möglichkeit, Kallweit direkt anzugreifen – aber sie hatten noch einen Vorteil: Sie waren am Leben. Und das bedeutete, sie konnten noch handeln.

"Also, wie genau stellen wir das an?" fragte Schulz schließlich und ließ sich auf eine alte Holzkiste sinken. "Wir haben keine Festplatte, keine offiziellen Beweise, und im Präsidium können wir im Moment auch nicht auftauchen."

Sophie sah ihn an, dann wanderte ihr Blick zu Morbach. "Kallweit verlässt sich vielleicht darauf, dass wir auf der Flucht sind. Er fühlt sich sicher. Das könnte unsere Chance sein."

Morbach schnaubte. "Chance? Wir haben nichts. Absolut Garnichts!"

"Doch. Wir haben dich." Sophie trat einen Schritt näher. "Du hast Jahre im Justizsystem verbracht. Du kennst die Abläufe, die Kontakte, die Schwachstellen. Und ich wette, du hast noch ein paar Tricks auf Lager, die Kallweit nicht kennt."

Morbachs Kiefer mahlte. "Und was genau hast du im Sinn?"

Sophie nahm sich einen Moment, um ihre Worte sorgfältig zu wählen.

"Wir lassen ihn in die Falle laufen."

Schulz hob eine Braue. "Und das bedeutet ...?"

"Wir müssen ihn dazu bringen, selbst den letzten Fehler zu machen. Wenn wir ihn nicht mit Beweisen belasten können, müssen wir ihn dazu bringen, sich selbst zu entlarven."

Morbach lachte trocken. "Und wie soll das gehen? Denkst du, er stolpert zufällig in ein Geständnis vor laufender Kamera?"

"Nicht zufällig," sagte Sophie kühl. "Geplant. Wir füttern ihn mit falschen Informationen. Lassen ihn glauben, dass wir eine Kopie der Festplatte haben. Dann beobachten wir, wie er reagiert – wen er kontaktiert, welche Schritte er unternimmt. Wir nutzen seine eigene Angst gegen ihn."

Schulz pfiff leise durch die Zähne. "Riskant. Aber könnte funktionieren."

Morbach rieb sich über das Gesicht. "Das bedeutet, dass wir eine glaubwürdige Spur legen müssen.

Wenn Kallweit auch nur einen Moment glaubt, dass wir bluffen, wird er uns endgültig ausschalten lassen."

Sophie nickte. "Deshalb brauchen wir einen Köder. Jemanden, den Kallweit für eine echte Bedrohung hält."

Schulz runzelte die Stirn. "Du meinst, jemand muss sich als Informant ausgeben?"

"Genau. Und wir brauchen einen Ort, an dem Kallweit glaubt, dass wir ihn nicht in die Enge treiben können. Einen öffentlichen Ort, wo er keine Gewalt anwenden kann, aber auch nicht einfach entkommen wird."

Morbachs Augen weiteten sich. "Du willst ihn vor der Presse bloßstellen."

"Genau. Wir sorgen dafür, dass er selbst die letzte Schlinge um seinen Hals legt."

Schulz grinste. "Ich hoffe nur, dass wir vorher nicht an einem Baum baumeln."

Kapitel 15

Die alte Lagerhalle war in gedämpftes Licht getaucht. Sophie hatte sich in eine Ecke zurückgezogen, während Schulz eine Skizze des geplanten Treffpunkts auf einen zerknitterten Notizzettel kritzelte. Morbach stand mit verschränkten Armen daneben, sein Blick finster.

„Wir brauchen jemanden, den Kallweit für eine echte Bedrohung hält. Jemanden, von dem er glaubt, dass er Zugriff auf die Festplatte hat", sagte Sophie nachdenklich.

Schulz legte den Stift hin. „Ich könnte den Part übernehmen. Kallweit weiß, dass ich dich immer unterstützt habe. Wenn er mich aus dem Weg räumen will, heißt das, dass unser Bluff funktioniert."

Sophie schüttelte den Kopf. „Zu riskant. Er kennt dich. Wenn du ihn herausforderst, wird er es persönlich nehmen – und du wärst tot, bevor wir auch nur einen Beweis in die Hände bekommen."

Morbach sah zu ihr hinüber. „Dann bleibt nur eine Option. Wir brauchen einen Außenseiter. Jemanden, der glaubwürdig ist, aber nicht zu tief in der Sache steckt."

Sophie dachte einen Moment nach. Dann schoss es ihr durch den Kopf. „David Krause."

Schulz blinzelte. „Der Journalist? Du meinst den, dem wir die Beweise übergeben wollten?"

„Genau. Er war schon einmal im Spiel. Kallweit wird ihn für eine reale Bedrohung halten, besonders wenn er glaubt, dass Krause eine Kopie der Festplatte hat."

Morbach kratzte sich am Kinn. „Aber wird Krause mitspielen? Der Mann ist kein Polizist. Wenn wir ihn reinziehen, setzen wir ihn einer tödlichen Gefahr aus."

„Das weiß ich", sagte Sophie leise. „Aber er hat sich schon mit gefährlichen Leuten angelegt, bevor er uns getroffen hat. Er will die Wahrheit ans Licht bringen. Jetzt bekommt er die Gelegenheit dazu."

Schulz seufzte. „Wenn das schiefgeht, haben wir nicht nur noch einen toten Journalisten, sondern auch Kallweit, der weiß, dass wir immer noch dran sind." „Das Risiko müssen wir eingehen." Sophie zog ihr Handy hervor und wählte Krauses Nummer.

Nach drei Ruftönen nahm er ab. „Dornfeld?" Seine Stimme klang angespannt.

„Wir brauchen deine Hilfe. Dringend."

Eine kurze Pause. Dann: „Ich höre."

Sophie erklärte den Plan. Als sie fertig war, herrschte für einen Moment Schweigen am anderen Ende der Leitung.

„Ihr seid wahnsinnig", sagte Krause schließlich. „Aber ich bin dabei."

Zwei Stunden später saßen sie in einem Café an der Hafenpromenade.

Krause war sichtlich nervös, sein Blick wanderte ständig zur Tür. „Also, wie machen wir das?" fragte er schließlich.

Sophie zog einen USB-Stick aus ihrer Tasche und legte ihn auf den Tisch. „Hier drauf sind Dokumente. Ungefährlich, belangloses Zeug, nichts davon kann Kallweit wirklich belasten – aber es ist genug, um ihn nervös zu machen. Du gibst vor, dass du die vollständige Festplatte hast und bereit bist, sie zu veröffentlichen. Kallweit wird reagieren. Wir müssen nur beobachten, was er tut."

Krause schüttelte den Kopf. „Und wenn er nicht mitspielt? Was, wenn er einfach Leute schickt, um mich loszuwerden?"

Sophie sah ihm in die Augen. „Dann greifen wir ein. Aber wir müssen ihn zwingen, aus dem Schatten zu treten."

Er atmete tief durch, dann nahm er den Stick und steckte ihn in seine Jacken-tasche. „Ich hoffe, ihr wisst, was ihr da tut." Sophie nickte.

Kapitel 16

David Krause saß allein in dem abgedunkelten Hotelzimmer und spürte, wie sein Herz schneller schlug. Der USB-Stick, der in Wirklichkeit nichts als wertlose Dokumente enthielt, lag vor ihm auf dem Tisch. Es fühlte sich an, als hätte er eine tickende Zeitbombe in der Hand. Noch wusste Kallweit nichts von diesem Schachzug – aber das würde sich bald ändern.

Er nahm einen tiefen Atemzug und griff nach seinem Handy. Das Handy, dass er von Sophie bekommen hatte, war anonym, nicht zurückzuverfolgen. Perfekt für das, was er jetzt vorhatte.

Er wählte die Nummer.

Es klingelte nur einmal, dann nahm jemand ab. „Ja?"

Die Stimme war kalt, misstrauisch. Kallweit.

Krause zwang sich zu einem selbstbewussten Ton. „Ich denke, Sie wissen, wer ich bin. Und ich denke, Sie wissen auch, was ich habe."

Schweigen. Dann: „Ich hoffe für Sie, dass Sie nicht gerade meine kostbare Zeit verschwenden."

„Ich verschwende keine Sekunde. Ich habe eine Kopie der Festplatte. Und ich bin bereit, sie in den nächsten Stunden zu veröffentlichen – es sei denn, wir finden eine andere Lösung."

Ein leises Lachen. „Sie überschätzen Ihren Wert, Herr Krause."

Krause schluckte. Er wusste, dass er sich keine Schwäche leisten konnte. „Das glaube ich nicht. Ich habe bereits ein Sicherheitsnetz eingerichtet. Falls mir etwas passiert, geht das Material direkt an die Presse. Sie können mich nicht einfach ausschalten."

Ein weiteres Schweigen. Dann ein tiefer Atemzug auf der anderen Seite. „Treffpunkt."

„Morgen, 22 Uhr.

Parkplatz am alten Güterbahnhof."

„Allein."

„Das hoffe ich auch von Ihnen."

Krause legte auf und schloss kurz die Augen. Der erste Schritt war getan. Jetzt mussten Sophie und ihr Team ihn absichern – denn er wusste, dass er sich mit einem der gefährlichsten Männer der Stadt angelegt hatte.

„Das ist Wahnsinn!", zischte Schulz, als Krause ihnen von dem Gespräch berichtete. „Du hast ihm direkt in die Hände gespielt. Er wird mit Sicherheit bewaffnet kommen – oder schlimmer."

Sophie blieb ruhig. „Genau das ist der Punkt. Kallweit glaubt, dass er die Kontrolle hat. Aber wir sind einen Schritt voraus."

Morbach verschränkte die Arme. „Ihr seid euch sicher, dass er persönlich

auftaucht und nicht irgendwelche Leute schickt?"

„Ich habe seine Stimme gehört. Er war angespannt, aber er will das Problem selbst lösen. Er wird kommen. Vielleicht nicht allein, aber das erwarten wir ja ohnehin."

Sophie nickte. „Dann müssen wir das Gelände absichern. Wir brauchen eine Fluchtroute für Krause und genug Beweise, um Kallweit auf frischer Tat zu ertappen. Wenn wir ihn in eine Falle locken wollen, dann ist das unsere einzige Chance."

Schulz schüttelte den Kopf. „Und was, wenn er uns durchschaut? Wenn er merkt, dass das alles nur ein Bluff ist?"

Sophie sah ihn ernst an. „Dann sind wir alle tot."

Die Nacht war kalt, als Sophie, Schulz und Morbach sich am alten Güterbahnhof positionierten. Krause stand am verabredeten Punkt, seine Hände tief in die Taschen vergraben, während er nervös nach links und rechts blickte.

„Er ist allein", meldete Morbach leise über das Funkgerät.

„Noch", flüsterte Schulz zurück. „Aber das wird sich ändern."

Ein schwarzer BMW rollte langsam über den Schotter. Die Scheinwerfer leuchteten kurz auf, dann ging der Motor aus. Die Tür öffnete sich, und eine Silhouette trat heraus.

Horst Kallweit.

Er ging langsam auf Krause zu, die Hände hinter dem Rücken. Zwei Männer blieben am Wagen stehen, beobachteten die Szene aufmerksam.

„Herr Krause", sagte Kallweit mit einem kalten Lächeln. „Ich hoffe, Sie haben das mitgebracht, worüber wir gesprochen haben."

Krause nickte, griff langsam in seine Tasche und zog den USB-Stick hervor. „Alles, was Sie brauchen. Aber ich will eine Garantie, dass ich hier lebend rauskomme."

Kallweit schüttelte den Kopf. „So funktioniert das hier nicht."

Dann hob er die Hand – und einer seiner Männer zog eine Waffe. „Verdammt!", knurrte Schulz und spannte sich.

Sophie flüsterte ins Funkgerät. „Noch nicht ..."

Sie mussten Kallweit in eine noch größere Falle locken. Doch sie wussten alle: Wenn sie zu lange warteten, würde Krause es nicht überleben!

Kapitel 17

Die Sekunden dehnten sich endlos, während Sophie durch das Zielfernrohr ihres Gewehrs blickte. Ihre Hände blieben ruhig, doch ihr Herz raste. Kallweit hatte die Kontrolle. Noch.

Krause stand stocksteif da, den Blick fest auf Kallweit gerichtet. Der USB-Stick in seiner Hand schien plötzlich winzig – ein wertloses Stück Plastik, das über Leben und Tod entscheiden konnte. Der Mann mit der Waffe trat einen Schritt näher. Der Lauf richtete sich direkt auf Krauses Brust.

„Das ist Ihre letzte Chance, Krause", sagte Kallweit leise, aber schneidend scharf. „Sie geben mir, was ich will, und verschwinden aus meinem Blickfeld. Oder ich sorge dafür, dass Sie nie wieder irgendwo auftauchen."

Sophie presste die Lippen zusammen. Sie hatte gehofft, dass Kallweit unvorsichtig werden würde, dass er sich zu einer Aussage hinreißen ließ, die man später gegen ihn verwenden konnte. Doch jetzt war es zu spät für Worte. Jetzt musste gehandelt werden.

Sie drückte das Funkgerät. „Bereithalten. Sobald Krause in Gefahr ist, ziehen wir durch."

Morbachs Stimme kam gedämpft durch den Lautsprecher. „Verstanden."

Schulz kniete neben ihr, sein Gewehr auf Kallweits Leibwächter gerichtet. „Wir haben genau eine Chance. Wenn sie merken, dass wir hier sind, haben wir ein Blutbad."

Dann geschah es.

Krause machte einen kleinen, fast unmerklichen Schritt zurück. Der Mann mit der Waffe reagierte sofort – zu schnell. Sein Finger krümmte sich am Abzug. Ein Herzschlag später donnerte ein Schuss durch die Nacht.

Krause riss die Arme hoch und taumelte nach hinten. Für einen Moment dachte Sophie, er wäre getroffen worden. Doch dann sah sie den Einschlag hinter ihm – eine Kugel hatte sich in eine Holzwand gebohrt.

„Jetzt!", rief Sophie und sprang auf.

Ein Knall. Dann ein zweiter. Schulz feuerte zuerst, traf den Schützen in die Schulter. Der Mann schrie auf, ließ die Waffe fallen. Morbach tauchte aus dem Schatten auf, zog seine Pistole und richtete sie auf Kallweit.

„Hände hoch!", rief Sophie, während sie sich näherte. „Es ist vorbei!"

Kallweit hob langsam die Hände, sein Blick blieb eiskalt. „Sie machen einen Fehler, Dornfeld."

„Oh, ich glaube, Sie haben den größeren gemacht", erwiderte sie und legte ihm persönlich die Handschellen an. „Sie sind vorläufig festgenommen wegen Mordes, Erpressung und Korruption."

Krause rang nach Luft, während er sich langsam aufrichtete. „Ich ... dachte, das war's."

Schulz klopfte ihm auf die Schulter. „Fast. Aber wir lassen unsere Leute nicht hängen."

Kallweit schnaubte verächtlich. „Sie glauben wirklich, dass das reicht? Dass das System so leicht einknickt?" Sophie beugte sich vor, ihre Stimme kaum mehr als ein Flüstern. „Nein. Aber es ist ein Anfang."

Kapitel 18

Der Regen schlug gegen die Fensterscheiben des Polizeipräsidiums, während Sophie mit verschränkten Armen vor dem Verhörraum stand. Durch das schmale Fenster konnte sie Kallweit sehen, wie er mit verschränkten Händen auf dem Tisch saß, regungslos, als wäre er über alles erhaben. Ein Schatten huschte über sein Gesicht, als die Tür aufging und Schulz mit einem Stapel Akten in den Raum trat.

„Das hier ist dicker als deine Personalakte", begann Schulz trocken und ließ die Papiere krachend auf den Tisch fallen. „Korruption, Mord, Bestechung – du hast dir ein richtig schönes Netz gesponnen."

Kallweit hob kaum den Blick. „Sind das die Beweise oder nur hohles Gebrüll?"

Sophie betrat den Raum und ließ die Tür leise hinter sich zufallen. „Die Beweise werden gerade gesichert. Dein gesamtes Netzwerk wird auseinanderfallen, Kallweit. Es ist vorbei."

Zum ersten Mal in dieser Nacht blitzte ein Lächeln über Kallweits Gesicht. „Vorbei? Dornfeld, Sie sind naiv. Ich habe Jahre darauf verwendet, meine Leute in den richtigen Positionen zu platzieren. Sie glauben wirklich, dass ich hier sitze und warte, während sich draußen alles gegen mich richtet?"

Sophie wusste, dass er bluffte – oder hoffte es zumindest. Dann klingelte das Telefon auf dem Schreibtisch im Verhörraum. Der diensthabende Beamte nahm den Hörer ab, hörte zu, dann sah er Sophie mit versteinerter Miene an.

„Das war die Staatsanwaltschaft. Kallweit wird unter Hausarrest gestellt, er hat mächtige Freunde.

Sie haben sich eingeschaltet."

Sophie spürte, wie sich ihr Magen verkrampfte.

„Was soll das heißen?"

Der Beamte schluckte. „Es gibt politischen Druck. Sie werden ihn nur unter Hausarrest stellen, bis alle Ermittlungen abgeschlossen sind."

„Das ist doch lächerlich!", fauchte Schulz und schlug mit der Faust auf den Tisch. „Der Kerl hat Blut an den Händen! Und die wollen ihn einfach in sein verdammtes Penthouse zurückkehren lassen?"

Kallweit lächelte erneut. „Sehen Sie, Dornfeld? Ich bin nicht derjenige, der verloren hat. Sie haben keine Ahnung, was für ein Spiel hier gespielt wird."

Sophie trat näher an ihn heran. „Wenn Sie glauben, dass Sie damit durchkommen, dann unterschätzen Sie mich gewaltig."

Kallweit lehnte sich entspannt zurück. „Wir werden sehen."

Draußen auf dem Flur ließ Sophie sich gegen die Wand sinken. Ihre Hände bebten leicht. Morbach kam auf sie zu, ein sorgenvoller Ausdruck im Gesicht. „Er wird nicht einfach verschwinden", sagte er leise. „Aber wenn er Zeit gewinnt, könnte er genug Fäden ziehen, um davonzukommen."

Sophie rieb sich über die Schläfen. „Dann müssen wir schneller sein. Wir brauchen mehr Beweise, mehr Druck – etwas, das selbst seine mächtigsten Freunde nicht vertuschen können."

Schulz seufzte. „Dann müssen wir jemanden zum Reden bringen. Jemanden, der tief genug drinsteckt." Morbach nickte langsam. „Haller ist tot. Aber es gibt noch andere. Wir brauchen einen von ihnen, bevor sie anfangen, ihre Reihen zu säubern."

Sophie atmete tief durch. Kallweit war nicht besiegt – noch nicht. Aber sie hatte nicht vor, ihn einfach so entkommen zu lassen.

„Dann finden wir jemanden", sagte sie entschlossen. „Und dann reißen wir sein Imperium endgültig ein."

Kapitel 19

Die Uhr im Präsidium zeigte exakt 3:47 Uhr, als Sophie, Schulz und Morbach im Besprechungsraum saßen. Der Kaffee in ihren Tassen war längst kalt, doch keiner von ihnen dachte daran, ihn zu trinken. Draußen war es dunkel, die Stadt schien still – doch sie alle wussten, dass sich im Hintergrund bereits die nächsten Züge bewegten.

„Wir brauchen jemanden aus Kallweits Umfeld, der redet", sagte Schulz und lehnte sich zurück. „Aber wer? Die meisten seiner Leute werden längst
wissen, dass er festgenommen wurde. Sie werden versuchen ihre eigenen Spuren zu verwischen."

„Es gibt immer jemanden, der mehr Angst hat als Loyalität", entgegnete Morbach. „Wir müssen den richtigen Schwachpunkt finden."

Sophie atmete tief ein.

„Ich habe eine Idee." Sie griff nach einer Akte, schlug sie auf und tippte auf ein Foto.

„Jens Brockmann. Geschäftsführer eines Bauunternehmens, das seit Jahren lukrative öffentliche Aufträge erhält. Wir haben Hinweise, dass er in Kallweits Geldwäschegeschäfte involviert ist."

Schulz pfiff leise. „Wenn er mit uns redet, könnte das Kallweit den Boden unter den Füßen
Wegziehen?"

„Genau", bestätigte Sophie. „Aber er wird nicht freiwillig aussagen. Er hat zu viel zu verlieren."

Morbach lehnte sich vor. „Dann müssen wir ihm ein Angebot machen, das er nicht ablehnen kann."

Zwei Stunden später saßen sie in einem Dienstwagen und beobachteten Brockmanns Anwesen aus der Dunkelheit heraus. Eine Villa im Mauritz-Viertel, protzig und modern, mit hohen Zäunen und Überwachungskameras. Doch Sophie wusste, dass die größte Gefahr nicht von außen, sondern von innen kam.

„Wenn Kallweit fällt, ist Brockmann der Nächste auf der Liste", sagte Schulz leise. „Seine Geschäftspartner werden nicht warten, bis er anfängt zu reden. Sie werden ihn loswerden wollen."

„Dann müssen wir schneller sein als sie", erwiderte Sophie. Sie warf einen Blick auf ihre Uhr. „Laut unseren Informationen verlässt er das Haus jeden Morgen um 10 Minuten nach 6, um ins Büro zu fahren. Wir müssen ihn vorher abfangen."

Sie sahen, wie im Haus Licht anging. Brockmann war wach. Jetzt kam es auf das richtige Timing an.

Der Moment, in dem die Garagentore sich öffneten, war der Moment, in dem Sophie und Schulz ausstiegen. Brockmann hatte gerade die Tür seines Wagens geöffnet, als er sie bemerkte. Seine Augen weiteten sich.

„Herr Brockmann", sagte Sophie ruhig. „Wir müssen mit ihnen reden. Jetzt."

Er warf einen schnellen Blick zurück in sein Haus, dann zu seinem Wagen. Fluchtgedanken. Schulz trat näher. „Ich würde das lassen, wenn ich Sie wäre. Wenn wir hier sind, sind andere auch nicht weit."

Brockmanns Gesicht verlor jede Farbe.

„Was... was wollen Sie?" stammelte er nervös.

Sophie hielt ihm eine Akte hin. „Das hier ist die offizielle Ermittlung gegen Kallweit. Ihr Name taucht mehrmals auf. Sie können sich ausmalen, was das bedeutet." „Das ist ein Missverständnis! Ich habe mit alldem nichts zu tun!"

„Das können Sie der Staatsanwaltschaft erzählen", sagte Sophie kühl. „Es sei denn, Sie helfen uns. Dann haben Sie vielleicht noch eine Chance, nicht in dem Sumpf unterzugehen."

Brockmanns Finger krampften sich um den Wagenschlüssel. „Ich kann nicht ... sie werden mich töten."

„Wenn Sie schweigen, werden sie Sie erst recht loswerden", erwiderte Sophie. „Kallweit ist angeschlagen. Das System wankt. Und ich kann Ihnen garantieren, dass diejenigen, die noch frei herumlaufen, bereits planen, ihre Spuren zu verwischen."

Brockmann atmete schwer. Er wusste, dass sie recht hatte. Er wusste, dass er in einer Sackgasse steckte.

Dann nickte er langsam. „In Ordnung. Ich rede."

Sophie tauschte einen Blick mit Schulz. Sie hatten ihren Mann.

Kapitel 20

Jens Brockmann saß in einem abgedunkelten Vernehmungsraum des Präsidiums. Die Wände waren kahl, die Luft stickig, und das einzige Geräusch war ein leises Ticken der Wanduhr. Er wirkte angespannt, seine Hände fest ineinander verschränkt. Er wusste, dass er sich mit dieser Aussage entweder rettete – oder sein eigenes Todesurteil unterschrieb.

Sophie und Schulz traten ein, ließen die Tür hinter sich ins Schloss fallen. Sie ließen sich ihm gegenüber nieder, während Morbach sich mit verschränkten Armen in eine dunkle Ecke stellte. Brockmanns Blick huschte zu ihm, dann wieder zu Sophie.

„Hören Sie", begann er, seine Stimme ein Flüstern, „ich sage Ihnen, was ich weiß. Aber Sie müssen mir garantieren, dass ich hier lebend rauskomme."

Sophie lehnte sich vor. „Sie wissen genau, dass wir das nicht versprechen können. Aber wenn Sie uns etwas geben, das Kallweit endgültig vernichtet, dann haben Sie eine realistische Chance auf Schutz."

Brockmanns Adamsapfel hüpfte auf und ab. Dann nickte er langsam. „In Ordnung."

Er atmete tief durch, bevor er anfing: „Kallweit und ich, wir haben über Jahre zusammengearbeitet. Meine Firma war sein Waschsalon für schmutziges Geld. Bestechungsgelder, Schwarzgelder aus illegalen Bauprojekten, alles lief über mich. Aber das ist nur ein kleiner Teil."

Sophie spürte, wie sich in ihrer Magengrube ein ungutes Gefühl breit machte. „Erzählen sie!"

Brockmann beugte sich vor. „Es gibt eine geheime Akte. Kallweit hat sie immer ‚die Versicherung' genannt. Eine Sammlung von Dokumenten, Aufzeichnungen, Videos – all die Drecksarbeit, die er für die wirklich Mächtigen erledigt hat. Falls ihn jemals jemand fallen lassen will, zieht er sie hervor. Und dann geht alles in Flammen auf."

Schulz runzelte die Stirn. „Wo ist diese Akte?"

Brockmann zögerte einen Moment, dann sagte er: „Ich habe sie gesehen. Vor ein paar Monaten. Er bewahrt sie nicht digital auf, das wäre zu riskant. Alles ist auf einem verschlüsselten Server in einem alten Bürogebäude, offiziell ein leerstehendes Archiv."

Sophie tauschte einen Blick mit Schulz. „Haben Sie Zugriff darauf?"

Brockmann schüttelte den Kopf. „Nein. Aber ich habe gesehen, wie Kallweit sie mit einem persönlichen Zahlencode entsperrt hat. Wenn Sie da drankommen, haben Sie nicht nur ihn – Sie haben alle. Die ganze verdammte Spitze des Netzwerks."

Sophie atmete tief durch. Sie wusste, dass das ihre Beste – und vielleicht letzte – Chance war.

„Dann holen wir uns diese Akte."

Kapitel 21

Die Anspannung in der Luft war greifbar, als Sophie und Schulz in der Dunkelheit vor dem alten Bürogebäude standen. Es war ein unscheinbarer Betonklotz, der in den 80er Jahren gebaut und laut offiziellen Unterlagen seit Jahren nicht mehr genutzt wurde. Doch sie wussten, dass sich hinter diesen unscheinbaren Mauern das potenziell mächtigste Beweisstück ihres Falls verbarg – Kallweits geheime Akte.

„Wir haben nur ein einziges Mal die Chance, das hier durchzuziehen", flüsterte Schulz.

„Wenn wir erwischt werden, war's das."

Sophie nickte. „Deshalb müssen wir vorsichtig sein. Laut Brockmann gibt es eine Alarmanlage, aber Kallweit hält den Zugang bewusst altmodisch. Der Serverraum ist nicht ans Netz angeschlossen – alles muss direkt vor Ort abgerufen werden."

Morbach überprüfte seine Waffe. „Dann hoffen wir, dass er den Code nicht geändert hat."

Sie bewegten sich leise durch einen Seitenweg und erreichten die Tür, die laut Brockmann der Versorgungseingang war. Schulz zog sein Werkzeug hervor und machte sich an der Sicherung zu schaffen. Nach wenigen Sekunden klickte das Schloss, und die Tür schwang lautlos auf. Dunkelheit und abgestandene Luft schlugen ihnen entgegen.

Sophie zog ihre Taschenlampe hervor und bewegte sich vorsichtig in das Gebäude. Der Flur war schmal, die Wände vergilbt. Es roch nach Staub und alten Akten. Ihre Schritte hallten dumpf auf dem abgenutzten Linoleumboden.

„Laut Brockmann ist der Serverraum im Keller", sagte sie leise. „Wenn Kallweit hier wirklich alles aufbewahrt, wird es dort sein."

Sie nahmen die Treppe nach unten, vorbei an alten Büroräumen, in denen sich Aktenordner auf Schreibtischen stapelten. Endlich erreichten sie eine schwere Metalltür. Schulz zog ein iPad aus seiner Tasche und verband es mit dem Zahlenschloss.

„Ich versuche es mit den letzten bekannten Codes, die Brockmann uns gegeben hat", murmelte er.

Sophie hörte, wie ihre eigene Atmung lauter wurde. Jede Sekunde, die verstrich, war ein Risiko. Dann – ein Piepton. Ein leises Klicken. Die Tür öffnete sich.

„Wir sind drin", flüsterte Schulz.

Der Raum war klein und eng, beleuchtet von summenden LED-Lampen. An der Wand reihten sich Servereinheiten, grüne und rote Lichter blinkten rhythmisch.

„Hier ist es", sagte Morbach und trat an einen Terminal. „Wir müssen den richtigen Datensatz finden." Sophie setzte sich an den Bildschirm und begann, sich durch das System zu navigieren. Dateien tauchten auf – Unmengen an Dokumenten, Videos, gescannte Verträge. Korruption, illegale Zahlungen, Dossiers über hochrangige Persönlichkeiten. Sie hatten es gefunden.

Plötzlich leuchtete ein rotes Warnsignal auf dem Bildschirm auf.

„Verdammt!", zischte Schulz. „Jemand hat den Zugriff bemerkt."

Sophie sprang auf. „Wir müssen alles so schnell wie möglich sichern. Kopiere die wichtigsten Dateien." Morbach steckte einen USB-Stick in den Anschluss und startete die Übertragung. Doch dann hörten sie es – Schritte im Flur.

„Wir bekommen Gesellschaft", murmelte Schulz, zog seine Waffe und richtete sich zur Tür.

Sophie spürte, wie ihr Puls raste. Sie hatten das Material – aber konnten sie es hier lebend rausbringen?

Kapitel 22

Die Schritte im Flur kamen näher. Schwer und bestimmt. Sophie spürte, wie sich ihr Herzschlag beschleunigte. Sie wusste, dass sie nicht viel Zeit hatten. Der Datentransfer auf den USB-Stick zeigte erst 62 Prozent – sie mussten durchhalten.

„In Deckung!", zischte Schulz und richtete seine Waffe auf die Tür. Morbach trat einen Schritt zur Seite und zog ebenfalls seine Pistole. Sophie hielt sich dicht am Terminal, die Augen auf den Ladebalken fixiert. Die Sekunden verstrichen qualvoll langsam.

Dann – ein Schatten vor der Milchglasscheibe der Tür. Ein kurzer Moment der Stille. Dann krachte sie auf. Zwei Männer stürmten in den Raum, Waffen im Anschlag. Schulz reagierte als Erster, feuerte einen gezielten Schuss ab. Der vordere Angreifer taumelte zurück, traf seinen Kollegen, und beide krachten gegen den Türrahmen. Einer von ihnen ging getroffen zu Boden, der andere rappelte sich auf und erwiderte das Feuer.

Die Kugeln schlugen in die Wand über Sophie ein. Sie duckte sich reflexartig und spürte den heißen Luftzug, als ein Projektil knapp an ihrem Kopf vorbei zischte.

„USB-Stick!", rief Morbach, während er weiter schoss. „Wie weit?"

„Noch zehn Sekunden!", rief Sophie zurück, während sie am Rand des Tisches in Deckung blieb.

Schulz feuerte erneut und traf den zweiten Angreifer in die Schulter. Der Mann stürzte mit einem Stöhnen zu Boden, ließ seine Waffe fallen. Dann war es für einen Moment still.

„Ladung abgeschlossen", meldete Sophie und riss den Stick aus dem Port. Sie steckte ihn schnell in ihre Jackentasche.

„Wir haben, was wir brauchen!"

Morbach trat an die Tür und spähte in den Flur. „Wir müssen raus. Jetzt. Ich wette, das waren nicht die Einzigen." Sophie nickte. Sie rannten aus dem Raum, traten über die reglosen Körper der Angreifer und hasteten den schmalen Gang entlang zurück zur Treppe. Das Licht flackerte über ihnen, während sie die Stufen nach oben rannten.

Dann – Stimmen von vorne. Weitere Männer, die das Gebäude betraten. „Rückweg versperrt", keuchte Schulz. Sophie blickte sich panisch um. Dann sah sie die schmale Notausgangstür am Ende des Flurs. „Da lang!", rief sie und sprintete los.

Sie rissen die Tür auf und rannten hinaus. Hinter ihnen ertönten Rufe, dann Schüsse. Kugeln prallten an der Betonwand ab, Funken sprühten auf. „Los, los!", rief Morbach und schob Sophie weiter. Sie hasteten um die Ecke, wo ihr Wagen versteckt stand. Sophie sprang auf den Fahrersitz, Schulz und Morbach direkt hinterher. Der Motor sprang an – dann drückte sie das Gaspedal durch.

Im Rückspiegel sah sie die dunklen Gestalten aus dem Gebäude stürmen, doch es war zu spät. Sie waren entkommen. „Wir haben es", sagte Sophie atemlos, ihre Hände zitterten noch am Lenkrad.

Schulz atmete schwer aus. „Jetzt müssen wir es nur noch nutzen."

Kapitel 23

Der Wagen raste durch die nächtlichen Straßen der Stadt. Sophie hatte die Hände fest um das Lenkrad gekrallt, während Schulz nervös in den Seitenspiegel blickte. Ihre Verfolger waren verschwunden, aber das bedeutete nicht, dass sie sicher waren.

„Wir müssen sofort ein Backup der Daten erstellen", sagte Morbach vom Rücksitz. „Falls sie uns erwischen, darf das Material nicht verloren gehen."

„Ich kenne einen sicheren Ort", entgegnete Sophie. „Lena kann sich darum kümmern."

Lena, ihre zuverlässige IT-Expertin, war die einzige, der sie in dieser Stadt noch trauen konnten. Sie hatten ihr vorab eine Adresse gegeben, an der sie sich treffen konnten – ein kleines Apartment, das sie nur für brenzlige Situationen nutzten. Es war anonym gemietet und von der Polizei nicht registriert.

„Wenn Kallweit merkt, dass wir ihm die Beweise geklaut haben, wird er alles daransetzen, uns zu stoppen", sagte Schulz düster.

„Er weiß es bereits", erwiderte Sophie. „Er hatte Leute im Gebäude. Wir haben keine Zeit zu verlieren." Sie parkten in einer Zufahrt und eilten zu der unscheinbaren Tür des Apartments. Sophie klopfte dreimal –

ein verabredetes Signal. Sekunden später öffnete Lena mit besorgtem Gesichtsausdruck.

„Seid ihr okay?"

„Nicht wirklich", murmelte Schulz, während sie eintraten. „Aber wir haben das hier." Er hielt den USB-Stick hoch.

Lena nahm ihn und setzte sich sofort an ihren Laptop. Ihre Finger flogen über die Tastatur, während sie das Material sicherte. Sophie trat neben sie und sah auf den Bildschirm.

Dutzende Dateien öffneten sich. Überweisungen, geheime Meetings, belastende E-Mails – es war genug, um nicht nur Kallweit, sondern ein ganzes Netzwerk aus hohen Beamten, Geschäftsleuten und Politikern zu entlarven.

„Verdammt", flüsterte Morbach. „Wenn das hier an die Öffentlichkeit geht, platzt in dieser Stadt eine Bombe."

„Das ist der Plan", sagte Sophie kühl. „Aber wir müssen klug vorgehen. Wenn wir das zu früh rausgeben, finden sie einen Weg, es zu vertuschen. Wir brauchen eine Strategie."

Lena nickte. „Ich kann alles auf sicheren Servern speichern und Kopien an ausgewählte Medienhäuser schicken. Aber wir müssen sicherstellen, dass es gleichzeitig veröffentlicht wird. Sonst setzen sie Hebel in Bewegung, um es unter den Teppich zu kehren."

„Und wir brauchen Schutz", fügte Schulz hinzu. „Sobald Kallweit erfährt, dass das hier draußen ist, wird er versuchen, uns zu eliminieren."

Sophie dachte kurz nach. „Wir müssen ihn dazu bringen, sich selbst zu verraten. Wenn er in Panik gerät, wird er Fehler machen. Und genau dann schlagen wir zu."

Morbach grinste schief. „Also wieder ein Köder?"

Sophie nickte. „Ja. Und diesmal muss er viel perfekter sein."

Kapitel 24

Die Atmosphäre im kleinen Apartment war angespannt. Der USB-Stick mit den brisanten Daten steckte im Laptop, während Lena fieberhaft daran arbeitete, die Informationen abzusichern. Sophie ging unruhig auf und ab, während Schulz sich mit verschränkten Armen gegen die Wand lehnte.

„Also gut", begann Morbach und fuhr sich über das Gesicht. „Wir haben alles, was wir brauchen, um Kallweit und seine Komplizen auffliegen zu lassen. Aber wie bringen wir ihn dazu, sich selbst zu entlarven?"

Sophie blieb stehen. „Wir lassen ihn glauben, dass er die Kontrolle zurück-erlangen kann.

Wir geben ihm eine Chance, sich selbst zu retten – oder es zumindest zu versuchen."

Schulz runzelte die Stirn. „Wie genau?"

„Wir setzen ihn unter Druck. Öffentlich. Wenn er das Gefühl hat, dass sich alles gegen ihn richtet, wird er panisch und hoffentlich Fehler machen. Fehler, die wir dokumentieren müssen."

Lena sah von ihrem Bildschirm auf. „Ihr wollt ihn also provozieren?"

„Nicht nur provozieren", erwiderte Sophie. „Wir müssen ihn glauben lassen, dass es eine Möglichkeit gibt, sich herauszuwinden. Und sobald er versucht, das auszunutzen, schnappen wir zu."

Morbach nickte langsam. „Und wie bringen wir ihn dazu?"

Sophie holte tief Luft. „Wir veröffentlichen einen Teil der Daten. Nicht alles, aber genug, um ihn nervös zu machen. Er wird versuchen, seine Spuren zu verwischen, Leute unter Druck zu setzen oder Beweise verschwinden zu lassen. Dabei werden wir ihn beobachten – und alles dokumentieren."

„Klingt nicht ungefährlich", bemerkte Schulz. „Wenn wir das tun, werden wir das letzte Ziel auf seiner Liste." Sophie sah ihn ernst an. „Das sind wir doch längst."

Es dauerte keine zwei Stunden, bis die ersten Schlagzeilen auftauchten. Lena hatte in Zusammenarbeit mit vertrauenswürdigen

78

Journalisten einige der belastenden Dokumente an die Presse weitergegeben. Die Nachrichtenportale explodierten mit Enthüllungen über Korruption, illegale Zahlungen und Machtmissbrauch auf höchster Ebene.

Kallweit war noch nicht offiziell genannt, aber es war nur eine Frage der Zeit, bis Reporter die Verbindung zogen. Das Netzwerk geriet ins Wanken – und genau das wollten sie.

„Kallweit wird sich wehren."

„Natürlich wird er das", sagte Sophie ruhig. „Aber wir sind ihm einen Schritt voraus."

Plötzlich summte ihr Handy. Eine unbekannte Nummer. Sie nahm ab. „Dornfeld."

Ein kurzes Schweigen. Dann eine vertraute, gefährlich ruhige Stimme.

„Ich hoffe, Sie wissen, worauf Sie sich eingelassen haben, Sophie."

Kallweit.

Sophie umklammerte das Handy fester. „Ich hoffe, Ihnen ist klar, dass Ihr Spiel vorbei ist."

Ein leises Lachen. „Wir werden sehen."

Dann legte er auf.

Sophie ließ das Handy sinken. Ihr Plan schien zu funktionieren – Kallweit war nervös. Aber er hatte noch nicht aufgegeben. Jetzt begann das wahre Endspiel.

Kapitel 25

Sophie ließ das Handy sinken und blickte in die Gesichter ihrer Kollegen. Morbachs Miene war finster, während Schulz langsam den Kopf schüttelte. Lena sah besorgt von ihrem Laptop auf.

„Er hat dich direkt angerufen?", fragte Schulz ungläubig. „Der Mistkerl wird nervös."

„Er ist nicht nur nervös", erwiderte Sophie.

„Er testet mich. Er will wissen, wie weit wir bereit sind zu gehen."

Lena drehte ihren Bildschirm zu ihnen. „Ich habe ein Auge auf die Presse. Die Medien greifen unsere Veröffentlichung auf, aber Kallweit selbst wird immer noch geschützt. Es gibt ein paar Andeutungen, dass sein Name gefallen ist, aber nichts, was ihn direkt belastet."

Morbach ließ sich auf einen Stuhl sinken. „Also wird er kämpfen. Und zwar nicht nur juristisch."

Sophie ballte die Fäuste. „Er wird versuchen, Zeugen einzuschüchtern oder zu eliminieren. Wir müssen ihn zu einem Fehler zwingen, den er nicht mehr rückgängig machen kann."

Schulz lehnte sich nach vorne. „Dann brauchen wir einen letzten Schlag. Etwas, das ihn sofort aus dem Spiel nimmt."

„Die entscheidenden Beweise haben wir", sagte Lena. „Aber sie reichen nicht, wenn das Netzwerk ihn deckt. Wir brauchen ihn auf frischer Tat."

Morbach dachte nach. „Er wird versuchen, die Kontrolle über die Lage zurückzugewinnen. Vielleicht trifft er sich mit jemandem, der ihm helfen kann."

„Dann müssen wir ihm eine Gelegenheit geben", sagte Sophie. „Wir müssen ihn aus der Reserve locken."

Es war bereits mitten in der Nacht, als Sophie und ihr Team ihren nächsten Zug planten. Sie wussten, dass Kallweit sich in einer verzweifelten Lage befand – und verzweifelte Menschen machen Fehler. Sie mussten ihm ein Treffen aufzwingen, ihn glauben lassen, dass er eine Möglichkeit hatte, sich zu retten.

„Wir streuen eine Information", erklärte Sophie. „Lassen ihn denken, dass noch belastenderes Material existiert – etwas, das er unbedingt vernichten muss."

Schulz nickte langsam. „Wenn er sieht, dass wir noch mehr in der Hand haben, wird er handeln müssen. Die Frage ist nur ..."

Lena tippte auf ihrem Laptop. „Ich kann eine Spur legen. Einen fingierten Daten Leak, der ihm suggeriert, dass wir noch eine brisante Quelle haben. Er wird darauf anspringen, das garantiere ich."

„Und wenn er versucht, diese ‚Quelle' zum Schweigen zu bringen, schnappen wir ihn", sagte Morbach. „Aber das bedeutet, dass jemand als Köder herhalten muss." Sophie blickte in die

Runde. Niemand sagte etwas. Dann hob sie langsam die Hand. „Ich werde es machen."

Schulz' Gesicht verfinsterte sich. „Vergiss es. Das ist Wahnsinn." „Wir haben keine andere Möglichkeit", entgegnete Sophie ruhig. „Kallweit wird nicht auf irgendjemanden reagieren. Er will mich. Ich bin die Einzige, die ihm gefährlich werden kann."

Lena biss sich auf die Lippe. „Wenn du das tust, müssen wir sicherstellen, dass wir ihn auf frischer Tat erwischen. Sonst war alles umsonst."

„Das ist der Plan", sagte Sophie entschlossen. „Wir bringen ihn dazu, den letzten Fehler zu begehen. Und dann sorgen wir dafür, dass es kein Zurück mehr gibt."

Kapitel 26

Sophie saß allein in einem Café in der Innenstadt, eine Tasse lauwarmen Kaffee vor sich. Es war der perfekte Ort für ein Treffen, das nicht auffallen durfte – öffentlich genug, um vorschnelle Gewalt zu verhindern, aber diskret genug, um wichtige Gespräche zu führen. Ihr Blick wanderte unruhig Richtung Eingang. Der Köder war ausgelegt. Die Frage war nur, ob Kallweit darauf hereinfallen würde.

Ein diskretes Vibrieren in ihrer Jackentasche. Eine neue Nachricht.

„Du weißt, dass du dich auf gefährliches Terrain begibst. Sei dir sicher, dass du das auch bis zum Ende durchziehen kannst."

Sophie spürte, wie sich eine Mischung aus Anspannung und Entschlossenheit in ihr breit machte. Kallweit würde kommen.

Sie atmete tief durch und legte das Handy auf den Tisch. Schulz und Morbach spazierten in der Nähe, bereit einzugreifen. Lena überwachte alles digital – falls Kallweit versuchte, sie auszutricksen, würden sie es erfahren. Doch das bedeutete nicht, dass die Gefahr geringer war.

Nach wenigen Minuten öffnete sich die Tür des Cafés. Ein kühler Luftzug strich durch den Raum, als eine hoch-gewachsene Gestalt in einem dunklen Mantel eintrat. Kallweit. Seine Bewegungen waren ruhig, kontrolliert – aber Sophie konnte die angespannte Wachsamkeit in seinen Augen sehen.

Er setzte sich ihr gegenüber und musterte sie für einen Moment. Dann lehnte er sich leicht vor. „Du bist mutiger, als ich dachte, Dornfeld."

„Oder einfach nur entschlossener", erwiderte sie kühl. Ein dünnes Lächeln zuckte über sein Gesicht. „Ich nehme an, du hast mich nicht hierher bestellt, um über alte Zeiten zu plaudern."

Sophie lehnte sich zurück und verschränkte die Arme. „Ich habe, was du suchst. Und du weißt genau, dass es reicht, um dich und deine Leute endgültig zu Fall zu bringen."

Kallweit zog eine Augenbraue hoch. „Und? Was willst du? Verhandlung? Einen Deal? Geld?"

Sophie schüttelte langsam den Kopf. „Nein. Ich will, dass du endlich für das geradestehst, was du getan hast."

Kallweit schmunzelte. „Du glaubst wirklich, dass das so einfach funktioniert? Die Welt ist nicht schwarz und nicht weiß, Dornfeld. Du bist keine Heldin in einer moralischen Geschichte. Jeder hat Dreck am Stecken. Auch du."

Sophie spürte, wie sich ihr Kiefer spannte. „Mag sein. Aber ich bin nicht du. Ich habe meine Entscheidungen getroffen, und ich kann damit leben. Kannst du das auch?"

Kallweit schwieg für einen Moment, dann lehnte er sich langsam zurück.

„Es ist beeindruckend, wie du dich durchgebissen hast. Aber du solltest wissen, dass du nicht die Einzige bist, die vorbereitet ist."

Sophie blieb äußerlich ruhig, aber innerlich spürte sie die Gefahr. „Drohst du mir?"

Kallweit schüttelte kaum merklich den Kopf. „Ich gebe dir nur einen freundlichen Rat. Geh nach Hause, vergiss diesen Fall, und du kannst weiterleben."

Sophie fixierte ihn mit eisigem Blick. „Und wenn ich das nicht tue?"

Ein Lächeln, das sie bis ins Mark fröstelte. „Dann wirst du bald erfahren, was es bedeutet, richtige Feinde zu haben."

Sophie hielt den Blick, bis Kallweit sich erhob, einen Geldschein auf den Tisch legte und das Café verließ.

Als sie sicher war, dass er außer Sicht war, nahm sie ihr Handy und tippte eine kurze Nachricht an Schulz.

„Er ist darauf hereingefallen. Wir haben ihn genau da, wo wir ihn haben wollten."

Kapitel 27

Sophie lehnte sich in ihrem Stuhl zurück, während das Adrenalin langsam abklang. Kallweit hatte sich in Sicherheit gewogen, doch sie wusste, dass er sich nicht einfach zurücklehnen und abwarten würde. Sie hatte ihn gereizt, provoziert – und jetzt wartete sie darauf, dass er die falsche Entscheidung traf.

Kaum hatte sie die Nachricht an Schulz gesendet, summte ihr Handy erneut. Diesmal war es Lena. „Du solltest sofort hierherkommen", sagte sie mit besorgter Stimme. „Es gibt Bewegung."

Sophie zögerte keine Sekunde. Sie zahlte und verließ das Café, spürte förmlich, wie sich ein unsichtbarer Schatten über sie legte. Sie wusste nicht, ob Kallweit bereits reagierte oder ob er noch in seinem nächsten Schachzug verharrte – aber eines wusste sie sicher: Sie durfte ihn nicht unterschätzen.

Im Versteck angekommen, fand Sophie Schulz und Morbach bereits über Lenas Laptop gebeugt vor. Auf dem Bildschirm lief ein Livestream einer Überwachungskamera. Es zeigte einen Parkplatz in einem Industriegebiet. Zwei dunkle SUVs standen dort. Vier Männer standen in einem Halbkreis – einer davon war Kallweit.

„Was geht da vor sich?" fragte Sophie und trat näher.

Lena tippte auf die Tastatur. „Die Kamera gehört zu einem privaten Sicherheitsnetzwerk, das ich gehackt habe. Kallweit trifft sich dort mit jemandem."

Sophie beugte sich vor. „Zoom mal ran."

Lena zoomte in die Szene rein. Die Bildqualität war schlecht, aber die Umrisse des Mannes, der Kallweit gegenüberstand, waren gut zu erkennen.

„Verdammt", flüsterte Schulz. „Das ist doch Richard Bender."

Sophie brauchte einen Moment, um den Namen einzuordnen, dann wurde ihr eiskalt. Bender war kein gewöhnlicher Handlanger. Er war ein ehemaliger Bundespolizist, der sich nach seiner Entlassung auf die dunkle Seite geschlagen hatte. Ein Söldner, der für die richtigen Preise jeden Job erledigte.

„Kallweit gibt den Befehl, uns auszuschalten", sagte Morbach düster.

Sophie atmete tief durch. „Dann sind wir jetzt offiziell in der Endphase."

Sie sah auf die Uhr. Kallweit hatte seine Entscheidung getroffen. Jetzt war es an ihnen, den nächsten Schritt zu tun – bevor er es tat.

Kapitel 28

Die Nacht lag schwer über der Stadt, während Sophie, Schulz und Morbach den nächsten Schritt planten. Sie wussten, dass ihnen nicht viel Zeit blieb. Kallweit hatte Bender ins Spiel gebracht – ein klares Zeichen dafür, dass er bereit war, endgültig aufzuräumen.

Lena saß vor ihrem Laptop und hackte sich in das Netzwerk der Systec, dem IT-Dienstleister der Stadt, um weitere Informationen über das Treffen zu erhalten. „Bender ist vorsichtig", murmelte sie. „Er benutzt mehrere Handys, wechselt ständig seine Nummern. Aber ich konnte ein Gespräch abfangen."

Sophie trat näher. „Und?"

Lena drehte den Bildschirm zu ihnen und spielte die Aufnahme ab. Eine verzerrte, aber dennoch erkennbare Stimme ertönte:

„Zielperson Dornfeld. Ausschalten,
sauber. Keine Spuren."

Morbach ließ einen leisen Fluch hören. „Die haben uns jetzt wirklich auf ihrer Abschussliste."

Schulz sah Sophie ernst an. „Wir können nicht warten, bis sie zuschlagen. Wir müssen zuerst handeln." Sophie nickte. „Wir brauchen Beweise, dass Kallweit diesen Mordauftrag gegeben hat. Bender ist ein Profi, aber er ist auch geschäftsmäßig. Vielleicht lässt er sich erwischen."

Lena hob eine Augenbraue. „Du willst Bender eine Falle stellen?"

„Genau das", bestätigte Sophie. „Er will mich ausschalten? Dann drehen wir den Spieß um."

Wenige Stunden später parkte Sophie ihren Wagen auf einem verlassenen Gelände in der Nähe des Hafens. Es war der perfekte Ort für eine Falle – abgeschieden, aber mit genug Versteckmöglichkeiten für Morbach und Schulz, die das Gelände im Blick behielten.

Sophie verließ ihr Auto und wartete. Die Kälte kroch ihr unter die Jacke, aber sie ignorierte das Gefühl. Sie wusste, dass Bender nicht lange auf sich warten lassen würde.

Dann – Schritte.

Sophie drehte sich langsam um. Eine dunkle Gestalt trat aus dem Schatten. Richard Bender. Seine Bewegungen waren ruhig, seine Haltung lauernd.

„Dornfeld", sagte er mit einem leichten Grinsen. „Du machst es mir ja wirklich einfach."

Sophie hielt den Blick. „Ich wollte wissen, ob du ein Mann bist, der seine eigenen Entscheidungen trifft oder nur ein Hund, der auf Befehle hört."

Bender lachte leise. „Sagen wir es so: Ich bin ein Geschäftsmann. Und heute habe ich einen gut bezahlten Auftrag."

Sophie spürte, wie sich die Anspannung in ihrem Körper steigerte. Dann hörte sie das kaum wahrnehmbare Knistern ihres Ohrstücks – das Zeichen, dass Schulz und Morbach bereit waren.

„Und was, wenn ich dir ein besseres Angebot mache?" fragte sie ruhig.

Bender neigte den Kopf. „Interessant. Ich höre."

„Beweise gegen Kallweit. Genug, um nicht nur ihn, sondern sein gesamtes Netzwerk hochzunehmen. Wir wissen, dass du nur ein Werkzeug bist. Wenn er fällt, wirst du der Nächste sein."

Bender schwieg einen Moment. Dann zog er langsam eine Zigarette hervor, zündete sie an und nahm einen Zug. „Das ist ein nettes Angebot. Aber weißt du, was mir mehr gefällt?"

Sophie griff unauffällig an ihren Gürtel. Bender war ein Profi – aber sie war bereit.

„Wenn du jetzt einfach tot umfällst."

Dann bewegte er sich. Schnell, präzise – doch in dem Moment krachten zwei Schüsse durch die Nacht. Bender er-starrte, riss die Augen auf und taumelte einen Schritt zurück.

Schulz und Morbach traten aus ihrem Versteck, die Waffen noch erhoben.

„Das war deine letzte Chance, Bender", sagte Sophie kalt. „Aber du hast die falsche Entscheidung getroffen."

Kapitel 29

Die Schüsse hallten noch in Sophies Ohren nach, während Bender zu Boden sank. Der Geruch von verbranntem Schießpulver lag in der kalten Nacht-luft, vermischt mit der modrigen Feuchtigkeit des Hafenwassers. Sophie atmete tief durch und trat vorsichtig näher, ihre Waffe noch immer erhoben.

Bender rang nach Luft, sein Blick suchte ihre Augen. Ein dünnes Lächeln zuckte über seine Lippen. „Du ... hast echt Nerven, Dornfeld."

„Hättest du auch haben sollen", erwiderte sie kalt. Schulz trat neben sie und verpasste Bender einen Tritt gegen die Waffe, die dieser noch immer krampfhaft festhielt. „Sicher ist sicher."

Bender hustete, ein schwaches Lachen entkam ihm. „Ihr denkt wirklich, ihr könnt Kallweit so einfach erledigen? Ihr habt ja keine Ahnung ..."

„Dann klär uns doch jetzt auf", sagte Sophie und kniete sich neben ihn. „Wenn du jetzt redest, hast du vielleicht eine kleine Chance, hier lebend rauszukommen."

Bender verzog das Gesicht. „Kallweit hat mehr als einen Trumpf in der Hand. Wenn ihr glaubt, dass sein Netzwerk mit ihm untergeht, dann habt ihr euch geschnitten."

Sophie kniff die Augen zusammen. „Was meinst du damit?"

„Es gibt noch jemanden", keuchte Bender. „Jemanden, der alles steuert. Jemanden, der euch alle auslöschen wird, wenn ihr Kallweit wirklich zu Fall bringt."

Morbach trat näher. „Wer?"

Bender schüttelte den Kopf. „Ich sag euch nur eins: Kallweit ist ein Werkzeug, genau wie ich. Der wahre Kopf hinter all dem ... wird euch nicht einfach davonkommen lassen."

Dann erstarrte sein Blick. Ein leises Röcheln – und dann war er still. Tot.

Sophie richtete sich langsam auf, während in ihrem Kopf das Puzzle neue Formen annahm. Kallweit war nicht der Letzte in der Kette. Es gab also noch jemanden – und das bedeutete, dass sie vielleicht nur die Oberfläche angekratzt hatten.

Schulz trat einen Schritt zurück. „Scheiße. Und ich dachte, dass hier wäre der letzte große Showdown."

„Vielleicht war es das für Bender", sagte Sophie leise. „Aber nicht für uns."

Morbach spähte in die Dunkelheit. „Wir sollten verschwinden, bevor noch mehr Probleme auftauchen."

Sophie nickte. „Wir nehmen, was wir haben, und setzen Kallweit unter Druck. Wenn er wirklich nur eine Marionette ist, dann wird er uns den Namen seines Puppenspielers verraten."

Schulz schnaubte. „Und wenn nicht?"

Sophie sah auf Benders leblose Gestalt. „Dann haben wir ein verdammt großes Problem."

Kapitel 30

Die Nacht war noch nicht vorbei, als Sophie, Schulz und Morbach zurück ins Präsidium fuhren. Der Tod von Bender hatte ihnen neue Informationen geliefert – Informationen, die alles veränderten. Kallweit war nur eine Marionette. Die wahre Bedrohung lauerte im Schatten.

„Wir müssen Kallweit sofort vernehmen", sagte Sophie entschlossen, während sie auf ihr Handy blickte. „Er ist unser einziger direkter Zugang zu dieser höheren Ebene."

„Er wird nicht freiwillig singen", murmelte Schulz. „Der Typ ist ein alter Fuchs. Der weiß genau, dass er uns nur so viel gibt, wie es für ihn sicher ist."

„Dann sorgen wir dafür, dass es für ihn unsicher wird", erwiderte Morbach grimmig. „Er hat mehr Angst vor diesem Unbekannten als vor uns. Wir müssen ihm eine Alternative bieten."

Sophie nickte und wählte seine Nummer. Es war Zeit, Kallweit aus der Reserve zu locken.

Eine Stunde später betrat Sophie den Verhörraum. Kallweit saß ruhig da, die Hände auf dem Tisch gefaltet. Er wirkte entspannt, fast amüsiert.

„Dornfeld", begrüßte er sie mit einem schmalen Lächeln. „Ich hatte schon befürchtet, dass ihr mich vergessen habt."

Sophie zog sich einen Stuhl heran und setzte sich ihm gegenüber. „Wir wissen, dass du nicht der Kopf des Netzwerks bist."

Kallweits Lächeln erlosch nicht. „Interessant. Und was bringt euch zu dieser Erkenntnis?"

„Bender hat es uns gesagt. Bevor er gestorben ist."

Ein unmerkliches Zucken in Kallweits Augen. Es war nur ein Bruchteil einer Sekunde, aber Sophie hatte es gesehen. Sie hatte einen Treffer gelandet.

„Er hat gelogen", sagte Kallweit ruhig.

„Hat er das?" Sophie lehnte sich nach vorne. „Oder weißt du, dass du von Anfang an nur ein Spielzeug warst? Ein Werkzeug, das nützlich war, bis es unbrauchbar wurde?"

Kallweit presste die Lippen aufeinander. Schulz trat an die Tür, ließ sie aber offen – eine subtile Machtdemonstration, dass Kallweit hier keine Kontrolle hatte.

„Hör zu", fuhr Sophie fort. „Wir beide wissen, dass deine Zeit abläuft. Die Beweise gegen dich sind erdrückend. Du kannst entweder hier sitzen und warten, bis deine eigenen Leute dich entsorgen, oder du hilfst uns, den Mann zu finden, der dich eher früher als später verraten wird."

Kallweit lachte leise, doch es klang gezwungen. „Ihr glaubt wirklich, dass ihr den Kopf dieses Netzwerks zu Fall bringen könnt?"

Sophie hielt seinem Blick stand. „Wir wissen, dass wir es können. Die Frage ist: Hilfst du uns –

oder stirbst du in einer Zelle, weil du für die falschen Leute gearbeitet hast?"

Ein langes Schweigen. Kallweit überlegte. Dann atmete er langsam aus und schüttelte den Kopf.

„Ihr habt keine Ahnung, mit wem ihr euch anlegt."

Sophie lehnte sich zurück. „Dann erzähl es uns endlich."

Kallweit schloss die Augen, als würde er einen inneren Kampf ausfechten. Dann, nach einem Moment, öffnete er sie wieder.

„Sein Name ist Hagen Bremer."

Schulz zog scharf die Luft ein. Morbach hob die Augenbrauen. Sophie blieb regungslos.

Sie kannte den Namen.

Hagen Bremer war nicht irgendwer. Er war ein hoch angesehener Unternehmer, ein Mann mit besten Verbindungen in Politik, Wirtschaft und Justiz. Ein Mann, den niemand auch nur ansatzweise verdächtigen würde. Aber offenbar der wahre Drahtzieher hinter allem.

Sophie stand langsam auf. „Dann wird es Zeit, dass wir ihm einen Besuch abstatten."

Kapitel 31

Sophie stand mit verschränkten Armen vor der großen Fensterfront im Besprechungsraum des Präsidiums. Die Nacht war dunkel, die Stadt unter ihr wirkte ruhig – doch sie wusste, dass sich im Hintergrund bereits die nächsten Schritte bewegten. Kallweit hatte den Namen Hagen Bremer genannt. Und dieser Name würde alles verändern.

Schulz betrat den Raum und ließ eine Akte auf den Tisch fallen. „Bremer ist ein Geist. Offiziell ein angesehener Unternehmer, inoffiziell eine unantastbare Figur. Keine Skandale, keine Auffälligkeiten. Wenn er wirklich hinter all dem steckt, dann hat er seine Spuren perfekt verwischt."

„Niemand ist perfekt", entgegnete Sophie kühl und schlug die Akte auf. „Wir müssen ihn aus der Reserve locken."

Morbach trat hinzu. „Kallweit war sein Mann fürs Grobe. Ohne ihn wird Bremer nervös werden. Er weiß, dass Kallweit unter Druck steht."

„Und genau das nutzen wir aus", sagte Sophie. „Wir inszenieren einen Leak. Lassen es aussehen, als hätte Kallweit eine Absprache mit uns getroffen, um seine eigene Haut zu retten. Bremer wird reagieren."

Lena kam in den Raum, ihr Laptop unter dem Arm. „Ich habe bereits erste Schritte eingeleitet. Einige gefälschte Hinweise werden in den nächsten

Stunden in die richtigen Kreise durchsickern. Bremer wird glauben, dass Kallweit geredet hat."

Schulz nickte anerkennend. „Dann bleibt nur eine Frage: Wie wird er reagieren? Wird er sich verstecken – oder handeln?"

„Er wird handeln", sagte Sophie bestimmt.

„Und wenn er das tut, sind wir bereit."

Ein paar Stunden später saßen Sophie und ihr Team in einem unauffälligen Überwachungsfahrzeug, das gegenüber von Bremers Bürogebäude geparkt war. Die Firma präsentierte sich als ehrwürdiges Traditions-Familienunternehmen, ein Symbol für Stabilität und Erfolg. Doch sie wussten es besser.

„Da ist Bewegung", meldete Morbach leise und deutete auf den Eingang.

Sophie hob das Fernglas. Eine schwarze Limousine hielt vor dem Gebäude. Zwei Männer stiegen aus – einer von ihnen war Bremer. Er sprach mit seinem Fahrer, dann betrat er eilig das Gebäude.

„Er sieht nervös aus", stellte Schulz fest. „Vielleicht hat unser kleiner Leak schon gewirkt."

Lena tippte auf ihrem Laptop. „Ich versuche, mich in das interne Kommunikationssystem seiner Firma zu hacken. Wenn er Anweisungen gibt, wollen wir sie mitbekommen."

„Gut. Wir beobachten ihn, aber wir greifen noch nicht ein", sagte Sophie.

„Lassen wir ihn schwitzen. Wenn er glaubt, dass ihm die Kontrolle entgleitet, wird er versuchen, seine Spuren zu verwischen. Und genau dann schlagen wir zu."

Kapitel 32

Die Minuten verstrichen quälend langsam. Sophie saß im Ü-Wagen und beobachtete das Bürogebäude durch das Fernglas. Bremer war nervös, das war offensichtlich. Aber was genau plante er?

Lena tippte ununterbrochen auf ihrer Tastatur. „Ich bin in das interne Kommunikationssystem eingedrungen. Er hat mehrere verschlüsselte Nachrichten versendet – aber eine davon konnte ich entschlüsseln."

Sophie lehnte sich vor. „Was steht drin?" Lena schob ihr den Bildschirm rüber. „Er hat ein Treffen für heute Nacht angesetzt. 2 Uhr, in einer Lagerhalle im Industriegebiet am Mittelhafen. Empfänger unbekannt, aber es scheint ihm wichtig zu sein."

Schulz pfiff leise durch die Zähne. „Das klingt nach einem Notfall-Meeting. Wahrscheinlich will er sich absichern oder Beweise vernichten."

„Dann müssen wir dort sein, bevor er das kann", sagte Sophie entschlossen. „Wenn Bremer unter Druck steht, macht er vielleicht den entscheidenden Fehler."

Die Lagerhalle lag einsam am Rand des Hafens. Ein kühler Wind fegte über das verlassene Gelände, während sich Sophie, Schulz und Morbach im Schatten hielten. Lena überwachte die Sicherheitskameras aus der Ferne.

„Zwei schwarze SUVs sind vor ein paar Minuten angekommen", meldete sie über das Funkgerät. „Mindestens fünf Männer, vermutlich bewaffnet. Bremer ist jetzt drinnen."

Sophie zog ihre Waffe und atmete tief durch. „Dann sehen wir uns mal an, was er so zu besprechen hat."

Schulz und Morbach postierten sich an den Seiten des Gebäudes, während Sophie sich leise zum Hintereingang bewegte. Sie spähte durch einen Spalt in der Tür. Im Inneren standen mehrere Männer im Halbkreis – Bremer in der Mitte. Er sprach mit einem breitschultrigen Mann, dessen Gesicht ihr sofort bekannt vorkam.

„Verdammt", flüsterte sie ins Funkgerät. „Das ist Lars von Halbeck."

Morbachs Stimme kam direkt zurück. „Der Finanzier? Der sitzt doch in mehreren Aufsichtsräten. Der Typ hat Macht."

„Nicht nur das", fügte Schulz hinzu. „Er war schon mehrfach in Geldwäsche-Skandale verwickelt, ist aber immer ungeschoren davongekommen."

Sophie beobachtete die Szene weiter. Bremer wirkte angespannt, aber von Halbeck schien gelassen zu bleiben. Dann überreichte Bremer ihm eine kleine schwarze Mappe.

„Das müssen die Beweise sein", murmelte Sophie. „Er will seine Spuren verwischen."

„Wir müssen da rein", flüsterte Schulz. „Wenn er die Beweise weitergibt, haben wir nichts mehr gegen ihn."

Sophie nickte. „Wartet auf mein Signal."

Kapitel 33

Die Luft in der Lagerhalle war kalt und es roch nach Altöl und Metall. Sophie drückte sich näher an den Türrahmen, während Bremer die schwarze Mappe an Lars von Halbeck überreichte. Das war ihre Chance. Wenn sie jetzt nicht handelten, würden die Beweise für immer verschwinden.

„Los jetzt", flüsterte Sophie ins Funkgerät. „Zugriff in drei, zwei, eins ..."

Ein ohrenbetäubender Knall durchbrach die Stille, als Schulz und Morbach die Türen aufstießen. Mit den Waffen im Anschlag stürmten sie hinein, während Sophie hinter ihnen herging.

„Hände hoch! Polizei!" rief Schulz laut.

Bremer riss erschrocken den Kopf herum, von Halbeck machte einen Schritt zurück. Die bewaffneten Männer an den Seiten griffen zu ihren Waffen – doch Sophie und ihr Team waren schneller. Zwei gezielte Schüsse in die Luft genügten, um die Situation unter Kontrolle zu bringen. Niemand wollte riskieren, getroffen zu werden.

„Legt die Waffen nieder, oder ihr seid tot, bevor ihr den Abzug betätigt!", knurrte Morbach.

Zögernd ließen die Männer ihre Waffen zu Boden sinken. Von Halbeck hob die Hände, sein Blick kalt und berechnend. „Dornfeld. Sie haben keine Ahnung, mit wem Sie sich hier anlegen."

„Ich weiß genau, mit wem ich mich anlege", erwiderte Sophie und trat näher. „Und diesmal wird es kein Entkommen geben."

Bremer schüttelte den Kopf, Schweißperlen glänzten auf seiner Stirn. „Ihr macht einen Fehler. Ihr könnt uns nicht alle hochnehmen."

Sophie fixierte ihn mit einem unnachgiebigen Blick. „Wir brauchen nicht alle. Wir brauchen nur einen, der auspackt."

Schulz trat nach vorne, packte Bremer am Kragen und zog ihn näher zu sich heran. „Und ich wette, du hast am meisten Angst, Bremer."

Von Halbeck lachte leise. „Er wird nichts sagen. Niemand wird reden. Und Sie, Frau Dornfeld, Sie haben sich in ein Spiel verwickelt, das Sie umbringen wird."

„Das werden wir ja sehen", erwiderte Sophie und griff nach der schwarzen Mappe. Sie schlug sie auf – und ihr Herz setzte für einen Moment aus. In den Unterlagen waren detaillierte

Berichte über Geldwäsche, illegale Geschäfte und Bestechungen auf höchster Ebene. Namen, Bankverbindungen, Verträge. Es war mehr, als sie je erwartet hatte.

Schulz warf einen Blick hinein. „Verdammt, das hier ist der Jackpot."

„Ja, und genau deshalb werden Sie hier nicht lebend rauskommen", sagte von Halbeck plötzlich. Dann bewegte er sich blitzschnell.

Bevor Sophie reagieren konnte, zog er eine kleine Pistole aus seinem Mantel. Doch in genau demselben Moment drückte Schulz ab.

Ein Schuss hallte durch die Lagerhalle.

Von Halbeck stöhnte auf, schwankte und ging zu Boden. Seine Waffe fiel scheppernd auf den Beton.

Bremer taumelte zurück, sein Gesicht kreidebleich. „Scheiße ... ihr habt keine Ahnung, was ihr getan habt ..."

„Doch", sagte Sophie und richtete die

Pistole auf ihn. „Wir haben euer verdammtes Imperium zum Einsturz gebracht."

Sirenen heulten in der Ferne auf. Die Verstärkung war auf dem Weg. Bremer war am Ende. Die Jagd im dreckigen Sumpf war vorbei.

Kapitel 34

Der Schein der Blaulichter tauchte die Lagerhalle in ein unruhiges Flackern, während sich schwer bewaffnete Polizisten in die Szenerie bewegten. Bremer stand mit erhobenen Händen da, sein Gesicht eine Maske aus Angst und ungläubigem Zorn. Von Halbeck lag reglos auf dem Boden, Blut sickerte aus der Wunde an seiner Brust und bildete eine dunkle Lache auf dem kalten Betonboden.

Sophie ließ die Schultern sinken, die Anspannung in ihrem Körper löste sich langsam. Die Verstärkung war da. Es war vorbei.

„Kriminaloberkommissarin Dornfeld?" Ein hochgewachsener Beamter mit ernster Miene trat an sie heran. „Gute Arbeit. Wir übernehmen von hier."

Sophie nickte knapp, doch innerlich wusste sie, dass die Nachwehen dieser Operation noch lange nicht ausgestanden waren.

Im Präsidium war die Stimmung gespalten. Einerseits war dies ein bedeutender Schlag gegen die organisierte Kriminalität – andererseits war es auch eine große politische Bombe. Zu viele ranghohe und einflussreiche Namen waren in die Machenschaften verwickelt, viele Personen könnten jetzt mit in den Abgrund gerissen werden.

Sophie und Schulz saßen im Verhörraum, das Diktiergerät lief, doch Bremer schwieg beharrlich.

„Du weißt, dass es vorbei ist", sagte Sophie ruhig. „Wir haben die Beweise. Wir haben die Netzwerke, die Geldflüsse. Und wir wissen, dass du nicht der Einzige warst."

Bremer hob langsam den Blick, seine Augen funkelten kalt. „Ihr glaubt wirklich, ihr habt gewonnen? Ihr versteht nicht, wie tief das hier reicht."

Schulz lehnte sich nach vorne. „Erzähl uns davon. Mach eine Aussage. Das ist deine einzige Chance."

Bremer schnaubte verächtlich. „Ihr seid naiv. Ihr habt nur die Spitze des Eisbergs erwischt. Und jetzt denkt ihr, das war's? Glaubt ihr, dass die Leute, die wirklich die Fäden ziehen, euch das durchgehen lassen?"

Sophie verschränkte die Arme. „Das hier ist kein Verhandlungsspiel, Bremer. Wenn du nicht mit uns redest, bist du derjenige, der fällt. Deine Leute werden sich retten und dich opfern."

Bremer schwieg. Sekunden verstrichen, bevor er mit ruhiger Stimme sagte: „Ihr werdet niemals gewinnen. Weil ihr gar nicht versteht, was für ein Spiel ihr spielt."

Bremer wurde vom anwesenden Notrichter der Haftbefehl verkündet. Zwei Streifenpolizisten legten ihm die Handschellen an und überstellten ihn für die Untersuchungshaft in die JVA Münster.

Wenige Stunden später saß Sophie in ihrem Büro und ließ die Ereignisse der letzten Tage Revue passieren. Sie hatten das Netzwerk zerschlagen. Und doch blieb ein ungutes Gefühl.

Ihr Handy vibrierte. Eine anonyme Nachricht erschien auf dem Bildschirm:

„Du hast einen König besiegt.

Aber das Schachbrett bleibt bestehen."

Sophie starrte auf den Text und atmete tief durch.

Kapitel 35

Sophie konnte kaum schlafen. Die Worte in der anonymen Nachricht ließen sie nicht los. „Du hast einen König besiegt. Aber das Schachbrett bleibt bestehen." Was bedeutete das? War es eine Drohung oder eine Warnung? Sie wusste es nicht.

Am nächsten Morgen wurde sie ins Büro ihres Vorgesetzten gerufen. Kriminaldirektor Hagemann saß hinter seinem Schreibtisch, seine Miene undurchdringlich. Er bedeutete ihr, Platz zu nehmen.

„Dornfeld, ich werde direkt zum Punkt kommen", begann er. „Der Fall Bremer ist politisch hoch brisant. Verdammt brisant."

Sophie lehnte sich zurück. „Ich weiß."

„Dann wissen Sie auch, dass bestimmte Kreise versuchen, das Ganze unter Kontrolle zu bringen. Es gibt bereits Bestrebungen, Bremer aus der Schusslinie zu nehmen."

Sophie spürte, wie sich ihr Magen zusammenzog. „Wie meinen Sie das?"

Hagemann seufzte und verschränkte die Arme. „Es gibt hochrangige Persönlichkeiten, die verhindern wollen, dass bestimmte Informationen an die Öffentlichkeit gelangen.

Die Staatsanwaltschaft prüft bereits, ob Bremer ins Zeugenschutzprogramm aufgenommen werden kann – möglicherweise ein Deal, wenn er gegen andere aussagt."

„Er ist der Drahtzieher!", entfuhr es Sophie. „Und jetzt soll er auf einmal ein besonders geschützter Zeuge sein? Das ist doch Wahnsinn!"

„Ich sage Ihnen nur, was hinter den Kulissen passiert."

Sophie schüttelte den Kopf. „Das kann ich nicht akzeptieren. Wenn er sich aus der Verantwortung zieht, bleibt das Netzwerk intakt. Und dann war das alles umsonst."

Hagemann musterte sie einen Moment schweigend. Dann sagte er: „Ich kann Ihnen nicht sagen, was Sie tun sollen, Dornfeld. Aber ich kann Ihnen raten, vorsichtig zu sein. Sie haben sich Feinde gemacht. Mächtige Feinde."

Sophie ballte die Fäuste. „Ich kann nicht zulassen, dass Bremer ungeschoren davonkommt."

Hagemann lehnte sich vor. „Dann finden Sie eine Möglichkeit und zwar bevor die Politik ihn rettet."

Zurück in ihrem Büro trommelte Sophie ihr Team zusammen. Schulz, Morbach und Lena waren bereits da, als sie eintrat. Sie sah in ihre Gesichter und wusste, dass sie alle dasselbe dachten.

„Bremer wird geschützt", sagte sie ohne Umschweife. „Die da oben wollen, dass er als Zeuge aussagt, um die wirklich Mächtigen zu schützen. Wenn das passiert, ist unser Fall tot."

Schulz fluchte leise. „Das ist doch nicht euer Ernst."

„Doch", sagte Sophie grimmig. „Aber es gibt eventuell eine Möglichkeit, das zu verhindern. Wir müssen noch etwas in der Hand haben. Etwas, das so explosiv ist, dass niemand es vertuschen kann."

Lena lehnte sich vor. „Was ist mit den Beweisen in der schwarzen Mappe? Gibt es darin etwas, das selbst die höchsten Kreise nicht mehr ignorieren können?"

„Wir müssen jeden Namen, jede Spur analysieren", sagte Sophie. „Wenn wir beweisen können, dass Bremer mehr war als nur ein Mittelsmann, dann haben wir eine Chance."

Morbach nickte. „Dann lasst uns keine Zeit verlieren."

Sophie warf einen Blick auf ihr Handy. Die anonyme Nachricht kam ihr wieder in den Sinn. Sie hatte einen König besiegt – aber wer war der nächste Zug auf diesem Schachbrett?

Die Uhr tickte. Sie mussten schneller sein als ihre Gegner.

Kapitel 36

Die Stunden vergingen, während Sophie und ihr Team die Dokumente aus der schwarzen Mappe durchforsteten. Jeder Name, jede Zahl, jede Verbindung wurde akribisch überprüft. Doch es war wie ein Puzzle mit fehlenden Teilen – sie hatten Beweise für Korruption, Bestechung und Geldwäsche, aber nichts, das Bremer unmittelbar mit den mächtigsten Hintermännern verband.

„Wir brauchen etwas Belastendes, etwas, das ihn endgültig aus dem Spiel nimmt", murmelte Schulz und rieb sich müde die Augen.

Lena lehnte sich in ihrem Stuhl zurück. „Es gibt eine Lücke in den Geldströmen. Ein hoher Betrag wurde an eine Offshore-Firma überwiesen – aber der Empfänger bleibt verschleiert."

Sophie runzelte die Stirn. „Kannst du das zurückverfolgen?"

Lena nickte langsam. „Es wird nicht leicht, aber wenn ich in die richtigen Server komme, könnte ich den wahren Besitzer der Firma herausfinden."

„Dann mach das", sagte Sophie entschlossen. „Wenn wir den wahren Nutznießer dieser Gelder finden, haben wir unseren Mann"

Es dauerte fast eine Stunde, bis Lena aufsprang. „Ich habe was!"

Alle Blicke richteten sich auf sie. Sie drehte den Bildschirm zu Sophie und den anderen.

„Die Offshore-Firma gehört offiziell einem Unternehmen in der Schweiz. Aber wenn man tief genug gräbt, führt die Spur direkt zu jemandem, der noch nie öffentlich mit Bremer in Verbindung gebracht wurde."

„Wer?" fragte Morbach angespannt.

Lena nahm einen tiefen Atemzug. „Oberbürgermeister Klaus Freiling."

Stille. Dann fluchte Schulz laut. „Verdammt. Der ist unangreifbar. Ein hochrangiger Politiker mit besten Verbindungen in Wirtschaft und Justiz."

Sophie biss sich auf die Lippe. „Und doch taucht sein Name in diesen Transaktionen auf. Wenn wir das beweisen können, fällt nicht nur Bremer – alles bricht zusammen."

Lena nickte. „Ich sichere die Daten und erstelle eine gespiegelte Kopie. Aber wir müssen vorsichtig sein. Wenn Freiling merkt, dass wir ihm auf der unmittelbaren Spur sind, könnte das gefährlich werden."

Morbach stand auf und streckte sich. „Dann sollten wir uns darauf vorbereiten. Denn sobald wir mit diesem Namen an die Öffentlichkeit gehen, wird das hier ein Krieg."

Sophie starrte auf den Bildschirm. Die anonyme Nachricht kam ihr wieder in den Sinn: „Das Schachbrett bleibt bestehen."

Vielleicht war Bremer nur ein Bauer gewesen – doch jetzt waren sie dabei, den wahren König ins Visier zu nehmen.

Und dieser würde sich nicht kampflos geschlagen geben.

Kapitel 37

Die Erkenntnis, dass OB Klaus Freiling hinter allem steckte, ließ die Luft im Raum schwer werden. Sophie starrte auf den Bildschirm, während Lena weiterhin tief in das Netzwerk der Geldflüsse eintauchte. Sie alle wussten, dass sie mit diesem Schritt endgültig eine Grenze überschritten hatten.

„Wir müssen das strategisch angehen", sagte Morbach, der sich gegen die Wand lehnte. „Freiling ist ein Spieler auf höchster Ebene. Wenn wir ihn frontal angreifen, wird er sich hinter seiner Macht und seinen Verbündeten verstecken."

„Dann müssen wir ihn aus seiner Deckung holen", erwiderte Sophie bestimmt. „Wir dürfen nicht zulassen, dass er das aussitzt. Wenn wir ihn in eine Lage bringen, in der er sich verteidigen muss, könnte er Fehler machen."

Lena nickte und tippte weiter. „Ich überprüfe gerade die Geldströme. Es gibt eine Transaktion, die besonders interessant ist. Vor drei Monaten wurde eine hohe Summe an eine Consulting-Firma überwiesen, die wiederum Verbindung zu einem Luxusresort in Süd-frankreich hat. Und weißt du, wer dort letztes Jahr ein privates Treffen abgehalten hat?"

„Sag es mir", murmelte Sophie.

Lena drehte den Bildschirm. „Freiling. Und nicht nur er. Mehrere hochrangige Wirtschaftsbosse und ein ehemaliger Innenminister."

„Es ist ein Netzwerk, das sich gegenseitig schützt", sagte Morbach. „Wir brauchen etwas Handfestes gegen ihn. Vielleicht eine direkte Verbindung zu Bremer, die nicht geleugnet werden kann?"

„Genau das", sagte Sophie und dachte nach. „Lena, können wir Bremers Kommunikation überwachen? Irgendwo muss er sich doch abgesichert haben."

Lena nickte. „Ich versuche, in seine privaten Server einzudringen. Wenn er irgendetwas gespeichert hat, das Freiling belasten könnte, finden wir es dort."

Die Stunden vergingen, während Lena arbeitete. Dann plötzlich – ein Durchbruch.

„Ich habe eine verschlüsselte Datei gefunden. Sie stammt aus Bremers Backup-Server und wurde vor zwei Jahren erstellt."

Sophie trat näher. „Was ist es?"

Lena öffnete die Datei, während der Bildschirm mit Textzeilen gefüllt wurde. Dann spielte sie eine Tonaufnahme ab. Eine raue, tiefe Stimme sprach:

„Kümmere dich darum. Ich will nicht, dass mein Name irgendwo auftaucht. Verstanden?"

Dann eine Antwort. Bremers Stimme.

„Natürlich, Herr Oberbürgermeister. Ich werde alles regeln."

Schulz schlug mit der Faust auf den Tisch. „Das ist es! Das ist der

verdammte Beweis, den wir brauchen!"

Sophie nickte langsam. „Wir haben ihn."

Kapitel 38

Draußen war es windstill, doch in Sophies Kopf tobte ein Sturm. Der Beweis war endlich da. Eine Tonaufnahme, die nicht nur Bremer, sondern auch Freiling unerschütterlich belastete. Ein Moment, auf den sie so lange hingearbeitet hatte – und doch wusste sie, dass dieser letzte Schritt der gefährlichste sein würde.

„Wir müssen Freiling in die Enge treiben", sagte Sophie entschlossen. „Wir können das nicht einfach veröffentlichen und hoffen, dass er fällt. Er wird sich wehren. Er hat mächtige Verbündete."

Schulz nickte. „Dann müssen wir den Druck

erhöhen. Wenn er merkt, dass ihm die Kontrolle entgleitet, wird er panisch."

„Oder er wird aggressiv", warf Morbach ein. „Das hier ist kein gewöhnlicher Krimineller. Er ist ein Stratege. Wir wissen nicht, wie er reagieren wird."

Sophie lehnte sich nach vorne. „Dann lassen wir ihn entscheiden. Wir geben ihm eine Wahl: Entweder er legt seine Karten offen – oder wir tun es für ihn."

Lena drehte sich auf ihrem Stuhl und tippte eine Nachricht. „Ich könnte eine anonyme Drohung an seine Kommunikationskanäle schicken. Etwas, das ihn wissen lässt, dass seine Zeit abgelaufen ist." Sophie nickte langsam. „Tue es. Aber verschlüssle es so, dass er auf keinen Fall nachverfolgen kann, von wo es kommt."

Es dauerte keine zwei Stunden, bis Freiling reagierte. Ein schwarzer Mercedes fuhr vor seiner Villa vor, und durch das Fernglas konnte Sophie sehen, wie zwei Männer in dunklen Anzügen ausstiegen.

„Da bewegt sich was", sagte Schulz leise. „Er trifft sich mit jemandem."

„Und wir finden heraus, mit wem", sagte Sophie und griff nach ihrem Handy. Sie hatte Lena gebeten, Freilings Kommunikation zu überwachen. Sekunden später blinkte eine neue Nachricht auf.

„Treffen um 3 Uhr. Ort: Privatclub in Roxel Am Rohrbusch"

Morbach schnaubte. „Ein diskretes Treffen mitten in der Nacht? Der Mann hat Angst."

Sophie nickte. „Und genau das nutzen wir aus. Wir werden da sein, bevor er auch nur eine Chance hat, sich herauszureden."

Schulz überprüfte seine Waffe. „Dann lassen wir den König wanken." Um 2:45 Uhr parkten sie eine Seitenstraße entfernt vom Klub. Das Gebäude war ein diskretes Etablissement für die Reichen und Mächtigen der Stadt. Ein Ort, an dem man Abmachungen traf, die nicht für die Öffentlichkeit bestimmt waren und wo leichte Damen freizügig ihre Dienste anboten.

Lena hatte Freilings Ankunft derweil bestätigt. Ein diskreter Eingang, wenig Kameras. Der perfekte Ort für geheime Gespräche.

„Wir warten, bis er drin ist", sagte Sophie leise. „Dann folgen wir ihm. Keine Fehler." Sie sah in die Gesichter ihrer Kollegen. Sie alle wussten, dass dies der entscheidende Moment war. Es gab kein Zurück mehr.

Morbach atmete tief durch. „Dann bringen wir es zu Ende."

Kapitel 39

Der Wagen war unauffällig geparkt, weit genug entfernt, um keine Aufmerksamkeit zu erregen. Das Gebäude lag ruhig da, nur ein paar gedämpfte Lichter brannten im Inneren.

„Freiling ist jetzt drin", meldete Lena über das Funkgerät. „Er kam vor fünf Minuten durch den Eingang. Zwei Begleiter, einer von ihnen vermutlich ein Personenschützer."

Sophie nickte und blickte zu Schulz und Morbach. „Wir gehen rein. Lena, bleib im Wagen und überwache die Kommunikation. Falls irgendwas schiefläuft, alarmierst du das Einsatzteam."

„Verstanden", kam die Antwort knapp.

Sophie zog tief die kalte Nachtluft ein. „Dann los."

Sie bewegten sich durch den Seiteneingang, den sie zuvor ausspioniert hatten. Der Flur war schmal, kaum beleuchtet. Sophie hörte leise Stimmen aus einem der hinteren Räume. Sie bedeutete Schulz, sich bereit zu machen. Morbach hielt die Tür im Blick.

„Das ist unser Moment", flüsterte Sophie. „Sobald wir drinnen sind, keine Spielchen mehr."

Schulz nickte. „Wir haben genug gehört."

Sie stieß die Tür auf.

Der Raum war mit dunklem Holz getäfelt, ein Hauch von Zigarrenrauch lag in der Luft. Am Tisch saß Freiling, eine Akte vor sich ausgebreitet. Ihm gegenüber - ein Mann, den Sophie nicht sofort erkannte, doch der Schnitt seines Anzugs, seine ruhige, selbstsichere Haltung ließen sie aufhorchen. Kein gewöhnlicher Unterhändler.

Freiling erstarrte für einen Moment, doch dann setzte er ein kaltes Lächeln auf. „Dornfeld. Ich hätte wissen müssen, dass Sie keine Ruhe geben."

„Das hätten Sie", erwiderte Sophie, die Waffe gezogen, aber noch gesenkt. „Und jetzt heben Sie die Hände, Oberbürgermeister."

Kapitel 40

Die Luft im Raum war zum Zerreißen gespannt. Sophie hielt Freiling im Blick, während Schulz und Morbach ihre Position sicherten. Doch irgendetwas an der Art, wie Freiling lächelte, ließ sie nicht los. Er wirkte nicht wie ein Mann, der gerade alles verlor – eher wie jemand, der seinen nächsten Zug bereits geplant hatte.

„Sie machen einen Fehler", sagte Freiling ruhig. „Sie denken, dass Sie hier die Kontrolle haben. Aber in Wirklichkeit sind Sie nichts weiter als ein Bauer auf einem Spielfeld, das Sie nicht verstehen."

Sophie spürte, wie ihr Puls schneller wurde. „Sie haben keine Verhandlungsmacht mehr. Sie sind überführt."

„Überführt?" Freiling schüttelte leicht den Kopf. „Glauben Sie wirklich, dass eine Aufnahme ausreicht? Dass Sie damit das ganze System zu Fall bringen?"

Der Lobbyist neben ihm verzog keine Miene, sondern lehnte sich entspannt zurück. „Es gibt immer Wege, Dinge zu vertuschen. Oder Leute verschwinden zu lassen."

Schulz trat einen Schritt näher. „Dann probieren Sie es doch mal. Mal sehen, wie weit Ihre Macht noch reicht."

Freiling hob die Hände. „Sie glauben, ich hätte Angst? Nein, Frau Dornfeld. Ich weiß nur, dass Sie nicht gewinnen können."

Dann hörte Sophie das Geräusch. Ein kaum wahrnehmbares Summen, ein Vibrieren in der Tasche von Freilings Sakko. Er hatte eine Nachricht bekommen.

Sie wusste, dass sie keine Zeit verlieren durften.

„Schulz, Morbach – wir nehmen ihn fest. Jetzt."

Doch bevor sie reagieren konnten, geschah es.

Eine plötzliche Explosion erschütterte das Gebäude. Die Fensterscheiben zitterten, der Tisch vibrierte. Für einen Moment brach Chaos aus. Morbach packte Sophie am Arm und zog sie instinktiv hinter eine Deckung.

„Verdammt! Was war das?!" rief Schulz, der seine Waffe noch immer auf Freiling gerichtet hielt.

Doch Freiling saß nur ruhig da. Er rührte sich nicht einmal. Sein Gesichtsausdruck verriet keine Überraschung, kein Entsetzen –

sondern Zufriedenheit.

Lena meldete sich im Funk. „Wir haben eine Explosion vor dem Klub! Das war ein gezielter Angriff!"

Sophie presste die Zähne zusammen. Es war eine Ablenkung – jemand wollte Freiling die Möglichkeit zur Flucht geben. Sie musste ihn jetzt sichern.

„Bewegung!" rief sie. „Keiner kommt hier raus!"

Doch im selben Moment sprang der Lobbyist auf. Er war schneller, als sie erwartet hatte, und zog eine kleine Pistole aus seinem Jackett. Ein einziger Schuss fiel.

Sophie wich instinktiv aus, während Morbach reagierte und den Mann mit einem gezielten Treffer außer Gefecht setzte. Er sackte auf den Stuhl zurück, die Pistole fiel klappernd auf den Tisch.

Freiling nutzte das Chaos. Er sprang auf und rannte zur Tür.

„Er darf nicht entkommen!" rief Schulz, als er hinter ihm her sprintete.

Sophie war nur einen Wimpernschlag hinter ihm. Sie konnte nicht zulassen, dass er entkam. Sie wusste, dass er nicht nur sich selbst retten wollte – er wollte das System schützen, das ihn erschaffen hatte. Draußen flackerten bereits die Blaulichter der eintreffenden Einsatzkräfte, doch Freiling war bereits in einem angrenzenden Wäldchen verschwunden.

Sophie biss die Zähne zusammen. Der Mann hatte noch immer Verbündete. Und er war noch nicht geschlagen. Aber sie würde ihn zur Strecke bringen. Egal, was es kostete.

Kapitel 41

Sophie rannte ihm in das Wäldchen hinterher, ihr Herz hämmerte in ihrer Brust. Die kühlen Nachtböen peitschten ihr ins Gesicht, während sie Freilings Schatten vor sich erkannte. Er war schnell, aber sie war schneller. Sie spürte den festen Griff ihrer Waffe, doch sie durfte nicht blind schießen – sie brauchten ihn lebend.

„Freiling! Bleiben Sie stehen!" rief sie, doch er reagierte nicht.

Plötzlich bog er scharf nach rechts, sprang über einen Weidenzaun und sprintete weiter. Sophie hörte Schulz und Morbach hinter sich.

Ein Schuss hallte durch die Nacht.

Freiling hatte sich umgedreht und feuerte nun blindlings in ihre Richtung. Er wollte nicht verhaftet werden. Er wollte entkommen – oder sterben.

„Verdammt!", knurrte Morbach, als er Deckung hinter einer dicken Eiche suchte.

Sophie hob ihre Waffe und atmete tief durch. „Freiling, Sie haben keine Chance! Lassen Sie die Waffe fallen!"

Keine Antwort. Stattdessen warf Freiling sich gegen die Seitentür einer Scheune, die krachend aufsprang. Er verschwand darin.

„Wir gehen hinterher", sagte Schulz entschlossen.

Sophie nickte und gab Morbach ein Zeichen, die Flanken zu sichern. Sie traten vorsichtig in das dunkle Gebäude. Staub wirbelte in der Luft, alte Landmaschinen warfen lange Schatten, und irgendwo tropfte Wasser auf den Betonboden.

Dann – Schritte. Direkt vor ihnen. Freiling war nicht mehr weit.

Sophie bewegte sich lautlos durch die Halle, ihr Blick wanderte über rostige Regale und kaputte Fenster. Ihr Adrenalinpegel war am Limit, jeder Muskel in ihrem Körper gespannt.

Plötzlich sprang Freiling aus der Dunkelheit. Mit einem wilden Schrei stieß er eine schwere Metallstange nach ihr. Sophie riss die Arme hoch, wurde zurückgeworfen, doch sie hielt sich auf den Beinen.

Freiling keuchte, sein Anzug war zerrissen, Schweiß rann ihm über die Stirn. „Sie verstehen es nicht, Dornfeld!

„Lassen Sie sich nicht erschießen wie ein Straßenräuber! Es ist vorbei!"

Freiling lachte bitter. „Vorbei?

Die Wahrheit ist, dass Sie nichts verändert haben. Neue Leute werden meine Stelle einnehmen. Dass System schützt sich selbst."

„Jetzt nicht mehr", sagte Sophie und trat einen Schritt näher.

Er atmete schwer, sein Blick huschte zur Seite. Dann machte er einen letzten, verzweifelten Versuch – er griff in seine Jacke.

„Waffe!" rief Schulz, doch Sophie war schneller.

Ein einzelner Schuss hallte durch die Scheune.

Freiling taumelte, sein Körper erstarrte, dann sackte er mit einem dumpfen Geräusch zu Boden. Blut breitete sich sofort unter ihm aus. Seine Hand umklammerte noch immer den Griff einer kleinen Pistole – doch er hatte sie nicht mehr abfeuern können.

Sophie senkte langsam ihre Waffe. Ihr Atem ging schwer.

Schulz trat näher und überprüfte den leblosen Körper. „Tot."

Morbach ließ ein langes Seufzen hören.

„Das war's."

Sophie fühlte keine Erleichterung. Nur Erschöpfung. Der Mann, der so viele Strippen gezogen hatte, war gefallen – doch seine Worte hallten in ihrem Kopf nach.

„Das System schützt sich selbst."

Sie wusste, dass der Kampf nicht vorbei war. Aber für heute hatten sie gewonnen.

Epilog

Einige Tage waren vergangen, seit der Mörder von Elena Marquardt, Oberbürgermeister Freiling, bei seinem Fluchtversuch gestorben war. Der Fall war offiziell abgeschlossen, die Medien hatten sich darauf gestürzt wie Raubtiere auf verletzte Beute. Die Öffentlichkeit feierte es als den größten Schlag gegen Korruption seit Jahrzehnten im Münsterland.

Sie saß in ihrem Büro, starrte auf den Monitor, auf dem ein Dossier geöffnet war. Freilings Netzwerk war gefallen – aber was war mit den anderen? Seinen Verbündeten, die nicht erfasst worden waren? Die sich nun neu organisieren würden?

Ein leises Klopfen riss sie aus ihren Gedanken. Schulz trat ein und legte eine Mappe auf ihren Tisch. „Ungeklärte Todesursache." Kam eben rein.

Sophie öffnete sie. Name, Fotos, mögliche Spuren.

Ein neuer Fall wartete auf sie!

Fiktionshinweis

Dieses Buch ist ein Werk der Fiktion. Alle dargestellten Personen, Handlungen und Dialoge sind frei erfunden. Ähnlichkeiten mit lebenden oder verstorbenen Personen wären rein zufällig und nicht beabsichtigt.

Einige Schauplätze, insbesondere in der Stadt Münster, basieren auf real existierenden Orten und dienen zur atmosphärischen Untermalung der Handlung. Die Nutzung dieser Schauplätze erfolgt ausschließlich zu fiktiven Zwecken. Es besteht keinerlei Zusammenhang zwischen den im Buch geschilderten Ereignissen und der Realität.

Alle Handlungen, Beschreibungen und Interpretationen der realen Orte entspringen der künstlerischen Freiheit des Autors und erheben keinen Anspruch auf historische, geografische oder sachliche Genauigkeit.

126